FICHA CATALOGRÁFICA

(Preparada na Editora)

Bueno Neto, Joaquim, 1970-

B94c   As curas de Jesus / Joaquim Bueno Neto. Araras, SP, IDE, 1ª edição, 2023.

256 p.

ISBN 978-65-86112-38-2

1. Espiritismo 2. Mensagens I. Título.

CDD -133.9

-133.91

Índices para catálogo sistemático:
1. Espiritismo 133.9
2. Mensagens 133.91

AS CURAS
DE JESUS

ISBN 978-65-86112-38-2
1ª edição - abril/2023

Copyright © 2023,
Instituto de Difusão Espírita - IDE

Conselho Editorial:
Doralice Scanavini Volk
Wilson Frungilo Júnior

Produção e Coordenação:
Jairo Lorenzeti

Capa:
Samuel Carminatti Ferrari

Diagramação:
Maria Isabel Estéfano Rissi

Parceiro de distribuição:
Instituto Beneficente Boa Nova
Fone: (17) 3531-4444
www.boanova.net
boanova@boanova.net

INSTITUTO DE DIFUSÃO ESPÍRITA - IDE
Rua Emílio Ferreira, 177- Centro
CEP 13600-092 - Araras/SP - Brasil
Fones (19) 3543-2400 e 3541-5215
CNPJ 44.220.101/0001-43
Inscrição Estadual 182.010.405.118
www.ideeditora.com.br
editorial@ideeditora.com.br

Todos os direitos reservados. Nenhuma parte desta publicação pode ser reproduzida, armazenada ou transmitida, total ou parcialmente, por quaisquer métodos ou processos, sem autorização do detentor do copyright.

AS CURAS
DE JESUS

JOAQUIM BUENO NETO

ide

SUMÁRIO

Capítulo 1 - OS FLUIDOS E AS CURAS, *9*

Capítulo 2 - O ENDEMONINHADO DE CAFARNAUM, *17*

Capítulo 3 - A SOGRA DO APÓSTOLO PEDRO, *27*

Capítulo 4 - O SERVO DO CENTURIÃO, *35*

Capítulo 5 - O HOMEM DE MÃO RESSECADA, *45*

Capítulo 6 - O PARALÍTICO DA PISCINA, *55*

Capítulo 7 - O LUNÁTICO DE GERASA, *63*

Capítulo 8 - O HANSENIANO DE GENESARÉ, *73*

Capítulo 9 - A FILHA DE JAIRO, *81*

Capítulo 10 - A MULHER COM FLUXO DE SANGUE, *89*

Capítulo 11 - O PARALÍTICO DE CAFARNAUM, *99*

Capítulo 12 - OS DOIS CEGOS, *107*

Capítulo 13 - O ENDEMONINHADO MUDO, *117*

Capítulo 14 - O ENDEMONINHADO CEGO E MUDO, *127*

Capítulo 15 - A FILHA DE UMA SIRO-FENÍCIA, *137*

Capítulo 16 - O ENDEMONINHADO EPILÉTICO, *147*

Capítulo 17 - O CEGO BARTIMEU, *157*

Capítulo 18 - O SURDO GAGO DA GALILEIA, *165*

Capítulo 19 - **O CEGO EM BETSAIDA,** *173*

Capítulo 20 - **O FILHO DA VIÚVA DE NAIM,** *181*

Capítulo 21 - **A MULHER ENCURVADA,** *189*

Capítulo 22 - **O HIDRÓPICO,** *199*

Capítulo 23 - **O CEGO DO TANQUE DE SILOÉ,** *209*

Capítulo 24 - **O SEPULTADO LÁZARO,** *219*

Capítulo 25 - **OS DEZ HANSENIANOS,** *229*

Capítulo 26 - **O SERVO FERIDO,** *237*

Capítulo 27 - **A CURA A BUSCAR,** *247*

CAPÍTULO 1

OS FLUIDOS E AS CURAS

Aprendemos, com a Codificação Espírita, que há três coisas que constituem o princípio de tudo o que existe (*O Livro dos Espíritos*, questão 27):

- Deus, o criador e pai de todas as coisas;
- A matéria;
- O Espírito.

Esmiuçando um pouco o segundo item, aprendemos também que a matéria elementar primitiva, "da qual as modificações e transformações constituem a inumerável variedade de corpos da Natureza", recebe o nome de Fluido Cósmico Universal (*A Gênese – os Milagres e as Predições Segundo o Espiritismo,* capítulo 14, item 2).

Assim, tudo o que existe, materialmente falando, resulta das transformações, ou modificações, dessa matéria primitiva. Seu ponto de partida é o grau de pureza absoluta, de que nada nos pode dar ideia. E o seu ponto oposto é a matéria tangível, sensível aos nossos sentidos físicos. Entre esses dois extremos, as transformações são inumeráveis, inimagináveis mesmo.

Uma delas é a que o Codificador Allan Kardec chama de "fluido espiritual" (*A Gênese – os Milagres e as Predições Segundo o Espiritismo*, capítulo 14, item 5). Ele é um dos infindáveis estados do Fluido Cósmico Universal.

Nós, Espíritos em evolução, "tomamos emprestada" uma porção desse fluido espiritual para podermos agir no mundo físico.

O Espírito e a matéria são criações diferentes, e precisam de um mediador, um liame ou corpo espiritual, que chamamos de "perispírito" (do grego *peri*, "em torno de"). É o elemento de ligação entre ambos.

O apóstolo Paulo nos fala desse corpo espiritual, na Primeira Carta aos Coríntios (capítulo quinze, versículo quarenta e quatro). É ele que modela o corpo físico dos Espíritos e vai se transformando à medida que o Espírito progride. E é formado com "fluido espiritual".

Aqui queríamos chegar, prezado leitor.

É que esse fluido espiritual, condensado em nosso perispírito, possui qualidades terapêuticas! E parte disso pode ser transferido, através do pensamento e da vontade, a fim de beneficiar alguém que esteja sofrendo.

É como se carregássemos uma "farmácia ambulante" em nós mesmos! Temos condições de doar bons fluidos espirituais a outrem, que assimila essa doação, havendo as condições necessárias.

Dessa forma, as curas espirituais, de que tanto ouvimos falar, nada mais são do que a ação dos fluidos espirituais sobre o perispírito do receptor, que os absorve.

Como ensinava Therezinha Oliveira (*Iniciação ao Espiritismo,* Ed. CEAK, capítulo 8), "o perispírito absorve com facilidade os fluidos externos porque tem natureza idêntica (também é fluídico)".

A melhor compreensão que podemos obter sobre essas curas está no trabalho, exposto por Kardec, nos itens de 31 a 32 do capítulo 14 de *A Gênese – os Milagres e as Predições Segundo o Espiritismo* – no item "Curas". Ali, também aprendemos que:

- Corpo e perispírito são apenas transformações do fluido universal;
- Pela sua identidade com o corpo físico, o fluido tem poder de repará-lo;
- O agente desse processo é o Espírito, encarnado ou não.

Assim, se alguém deseja curar e possui (ou emana) fluidos de boa qualidade, tendo boa vontade, pode dar a tais fluidos apreciável força de penetração. O agente terapêutico será esse fluido, e a cura, o resultado das circunstâncias envolvidas: intenção do curador, merecimento e receptividade do enfermo etc.

Agora, pensemos juntos: e se esse doador fosse Jesus? Imagine a qualidade dos fluidos que o Mestre emanava! E sua intenção, sua boa vontade? Fica fácil perceber por que tinha tanta capacidade de curar, não é mesmo?

Para Cairbar Schutel, em quem sempre nos inspiramos, as curas do Mestre estavam no primeiro plano de sua missão terrena (*O Espírito do Cristianismo*, Casa Editora O Clarim, capítulo 53).

Assim, Jesus curava, não por amor à Medicina ou ao Magnetismo, mas para ensinar, pelo exemplo, a Lei de Deus, através do amor ao próximo, e porque suas curas não apenas ficavam gravadas nos pacientes atendidos, mas nas pessoas que os acompanhavam. Isso despertava reconhecimento e simpatia em todos, que nele viam um ser de poderes divinos, já que ninguém jamais fora visto fazendo o que ele fazia.

As curas não eram, portanto, o foco do Mestre, mas um meio, pelo qual levava o Evangelho às pessoas.

Para ele, não era difícil obter êxito no que fazia, porque, segundo Schutel, ele possuía:

- Conhecimento das leis que regem o Universo e dos fluidos nele existentes;
- Poder para dominar e transformar esses fluidos;
- Vontade soberana de fazer realçar a Lei de Deus;
- Amor imenso pelos sofredores, pelos deserdados da sorte;

- Auxílio constante recebido diretamente de Deus;
- Uma multidão de bons Espíritos que se achavam sob suas ordens.

Hoje, entre os discípulos modernos do Mestre, não é possível encontrar alguém que reúna tamanhos recursos. As curas que se podem obter, nas atuais casas de oração, resultam de um esforço coletivo, da reunião de pessoas comprometidas, com identidade de propósitos e de intenções, idoneidade moral, unidas por sentimentos de elevada pureza, amantes da disciplina, do espírito de serviço, da prática da caridade e do estudo sério.

Reunidas tais condições, é possível cogitar a criação de bons trabalhos de irradiação de fluidos a enfermos, de passe espírita, de Desobsessão, de atendimento fraterno, entre outros, beneficiando assim um número incalculável de criaturas necessitadas, com reconhecida eficácia.

Entretanto, é bom que se diga, o objetivo do Espiritismo não é a cura orgânica. Esta é objeto da Medicina e das demais Ciências da Saúde. O foco do Espiritismo é a "cura do Espírito", entendida essa como a superação de vícios, mazelas, imperfeições, a aquisição de virtudes, a transformação moral e intelectual, enfim.

Retornando ao nosso querido Cairbar, ao referir-se às curas promovidas pelo Divino Mestre, diz ele tratar-se de "estudo extremamente interessante, embora difícil de ser compreendido à *prima facie*, como em geral acontece com todos os estudos transcendentes, mas dos quais todos se devem inteirar, para bem compreender a causa e os fatores de tantos fenômenos que ensombram a alma humana".

Tinha muita razão o "Pai dos Pobres" de Matão. Estudar as curas de Jesus é "extremamente interessante". Não só para compreender o fenômeno, mas para permitir que o texto "dialogue" conosco, afinal, somos os modernos "pobres e estropiados", doentes da alma, esperando receber alta desse bendito hospital chamado Terra, onde o amor do Cristo nos situou, por acréscimo de sua misericórdia.

Convidamos o leitor amigo a viajar conosco pelo mundo das curas de Jesus, aqui reunidas num trabalho sem pretensões maiores que facilitar a consulta de alguns comentários espíritas, que conseguimos reunir, acerca das curas registradas nos textos evangélicos que chegaram até nós.

Ficaremos na companhia de Emmanuel, Amélia Rodrigues, Eliseu Rigonatti, Cairbar Schutel e, claro, nosso indispensável Codificador, Allan Kardec, para citar os mais utilizados. Notáveis comentaristas dos textos evangélicos, serão nosso roteiro para um olhar carinhoso sobre as curas realizadas pelo médico dos médicos, Jesus de Nazaré.

Queira Deus que essas pequeninas reflexões nos auxiliem em um de nossos esforços mais importantes, o da cura que estamos a buscar...

CAPÍTULO 2

O ENDEMONINHADO DE CAFARNAUM

O texto evangélico que primeiro faz referência a curas é o atribuído a Marcos. Logo no primeiro capítulo, a partir do versículo vinte e um, encontramos a cura de um endemoninhado (homem envolvido por um mau Espírito), na cidade de Cafarnaum. Este também é o primeiro registro de cura no texto de Lucas, capítulo quatro, versículos trinta e um a trinta e sete.

Sabemos que a divisão dos Evangelhos em capítulos e versículos é muito posterior à escrita original, sendo, portanto, impossível afirmar que as curas ali relatadas aconteceram na ordem que temos hoje. Apenas por curiosidade, encontramos os outros dois evangelhos, de Mateus e João, coincidentemente descrevendo seus primeiros relatos de cura também no capítulo de número quatro.

Mateus inicia os registros no versículo vinte e três do seu quarto capítulo, em que diz:

"Percorria Jesus toda a Galileia, ensinando nas sinagogas, pregando o evangelho do reino e **curando toda sorte de doenças e enfermidades** entre o povo. E a sua fama correu por toda a Síria; trouxeram-lhe, então, todos os doentes, acometidos de várias enfermidades e tormentos: endemoninhados, lunáticos e paralíticos. E ele os curou".

Segundo o evangelista, daí por diante, a multidão vivia no encalço do Mestre.

João começa mencionando a cura do filho de um oficial de um rei, nos versículos quarenta e seis a cinquenta e quatro, também no quarto capítulo.

Sendo a ordem dos relatos o que menos nos preocupa, já que o ensino moral é o que deve prevalecer, poderíamos iniciar por qualquer um.

Mas, já que mencionamos o endemoninhado de Cafarnaum como o primeiro registro encontrado em Marcos e Lucas, pedimos licença para iniciarmos por ele.

Jesus teria entrado na cidade de Cafarnaum com os primeiros quatro discípulos convocados: Simão, chamado Pedro, seu irmão André e os filhos de Zebedeu, Tiago e João.

Logo depois, foram até uma sinagoga, pois era sábado. Ali, Jesus ensinou e maravilhou os presentes com sua fala, pois ensinava com autoridade moral, diferentemente dos famosos escribas que interpretavam a lei para o povo.

A informação a respeito do sábado é digna de nota. Isso tem uma conotação especial nas curas do Evangelho. Kardec nos esclarece:

"Jesus parecia tomar a tarefa de operar essas curas no dia de sábado, para ter a ocasião de protestar contra o rigorismo dos fariseus quanto à observação desse dia. Queria mostrar-lhes que a verdadeira piedade não consiste na observância das práticas exteriores e das coisas da forma, porém, que ela está nos sentimentos do coração" (*A Gênese, os Milagres e as Predições Segundo o Espiritismo,* capítulo 15, item 23).

Os fariseus, como sabemos, compunham uma das mais influentes seitas judias da época. Severos observadores das práticas exteriores do culto e das cerimônias, além de inimigos dos inovadores, muitas vezes tiveram sua hipocrisia desmascarada pelo Cristo, por isso ter-se-iam aliado aos principais sacerdotes para amotinar o povo contra ele (*O Evangelho Segundo o Espiritismo,* Introdução, item 3 – Notícias Históricas).

Bem, o fato é que havia, ali na sinagoga, um homem que, após a pregação do Mestre, teria exclamado, provavelmente em alta voz, envolvido por um Espírito:

– "Ah! Que temos contigo, Jesus Nazareno? Vieste destruir-nos? Bem sei quem és: o Santo de Deus".

O Mestre imediatamente o repreendeu, ordenando-o que se calasse e que deixasse o homem.

Marcos cita que o Espírito, que falava por meio do cidadão, o fez convulsionar um pouco ainda, antes de clamar, em alta voz, algo que não ficou registrado, e depois o deixou. Lucas menciona que ele teria arremessado o homem no meio da sinagoga, sem lhe causar dano, antes de deixá-lo.

Os presentes se entreolhavam, assombrados. A autoridade de Jesus a todos surpreendera, grandemente. E sua fama logo se espalhou pela circunvizinhança.

Explica-nos Kardec que a "obsessão é, quase

sempre, o fato de uma vingança exercida por um Espírito, e que, o mais frequentemente, tem a sua fonte nas relações que o obsidiado teve com ele numa precedente existência" (*A Gênese, os Milagres e as Predições Segundo o Espiritismo,* capítulo 14, item 46).

Ou seja, é fruto de um desentendimento; um se sente na condição de credor do outro, e não abre mão de cobrá-lo por isso.

Na obra que acabamos de citar, em seu capítulo 15, item 33, o Codificador elucida que as libertações de perseguições espirituais, como essa, estavam, ao lado das curas, entre os atos mais numerosos de Jesus. Esses casos pareciam ter sido muito numerosos na Judeia, naquele tempo, o que dava ocasião de curar a muitos, pois houve uma espécie de invasão de maus Espíritos naquele país.

Ao mencionar que esses casos eram numerosos, o Codificador está com toda razão. Das curas relatadas nos Evangelhos, os casos mais recorrentes referem-se à perturbação espiritual. Depois, de pessoas à beira da morte e de cegos. Em menor quantidade, encontraremos alguns relatos de paralíticos e hansenianos.

Nos Centros Espíritas, dramas relativos a perturbações espirituais fazem parte do cotidiano das atividades doutrinárias, dos chamados grupos mediúnicos, ou de Desobsessão. Trabalho extremamente sério, da maior gravidade mesmo, e que exige preparo minucioso e continuado dos tarefeiros que nele atuam. Remetemos o leitor, interessado no tema, a ler obras como *Desobsessão*, de André Luiz, *Obsessão e Desobsessão*, de Suely C. Schubert, *Diálogo com as Sombras*, de Hermínio C. Miranda, editadas pela Federação Espírita Brasileira, entre outras, para se fazer uma ideia do que falamos. E será possível compreender a razão de curas tão rápidas, obtidas em trabalhos assim, sem a necessidade de medicamentos e mesmo na ausência e à distância do paciente.

Para tanto, é imprescindível que a casa de oração possua sólido respaldo da Espiritualidade, trabalhadores que sirvam de intermediários entre o mundo espiritual e o material – os chamados médiuns – com boa formação doutrinária e moral, além de acentuada educação de suas faculdades, e tarefeiros preparados para o diálogo com o "invisível", dotados, pelo menos, de bagagem doutrinária consistente, familiaridade com o Evangelho, autoridade moral, fé, amor e muita boa vontade.

Do episódio marcante dessa cura realizada pelo Mestre, é importante destacar o comentário de Emmanuel, conforme se lê no capítulo 144 da obra *Caminho, Verdade e Vida* (Ed. FEB), psicografada por Francisco C. Xavier.

Segundo o benfeitor espiritual, não devemos nos ater apenas às entidades perversas, que se assenhorearam do corpo daquele homem. Muitas inteligências invisíveis ainda influenciam o ser humano contemporâneo, negativamente.

Por exemplo, segundo Emmanuel:

- Na política, semeiam a discórdia e a tirania;
- Nas relações mercadológicas, fomentam a ambição e o egoísmo;
- Nas religiões e nas ciências, estabelecem o orgulho, a vaidade, o dogmatismo e a intolerância sectária.

Interessante o comentário do benfeitor espiritual, porque não é só "o corpo da criatura humana que padece a obsessão de Espíritos perversos. Os agrupamentos e as instituições dos homens sofrem muito mais".

Quantas reflexões podemos tirar dessa fala de Emmanuel? Quantos interesses mesquinhos não são levados a efeito, "alimentados" pelos adversários do bem, com prejuízo para tantas criaturas?

A advertência é das mais sérias, porquanto nos remete, ainda, à fragilidade de nossos agrupamentos espiritistas, sujeitos, também eles, ao império das "sombras", a partir da falta de vigilância de tarefeiros ainda tão vulneráveis, como somos...

É preciso frisar que a ação dos Centros Espíritas interfere nos interesses dos irmãos desencarnados que não desejam o progresso do bem, iludidos que estão com os falsos objetivos que abraçaram. Por isso, não hesitam em semear o joio no meio do trigo, uma vez que são audaciosos, organizados e inteligentes.

É lamentável dizer isso, mas, por um bom tempo ainda, não quererão compromissos com o Cristo: "Que temos contigo, Jesus Nazareno? Vieste destruir-nos?"

Por incrível que pareça, sabem que o Mestre representa o alvo da vida. "Bem sei quem és: o Santo de Deus". Porém, comprazem-se em seus interesses imediatos, como nós ainda nos comprazemos com hábitos menos felizes, que nos distanciam de estados mais felizes d'alma. A porta larga ainda é mais tentadora que a estreita!

Dia virá, e não há dúvidas disso, em que tanto tais adversários do Evangelho, quanto nós, reconheceremos que não faz sentido mantermos distância do roteiro da Boa Nova, e que viver a mensagem do Cristo é o único caminho para o "tratamento" do Espírito imortal.

CAPÍTULO 3

A SOGRA DO APÓSTOLO PEDRO

Logo depois da cura do endemoninhado, na sinagoga de Cafarnaum, o evangelista Marcos nos apresenta a cura da sogra do apóstolo Pedro (capítulo um, versículos de vinte e nove a trinta e quatro).

Ao saírem da sinagoga, entraram na casa do apóstolo. A distância deveria ser bem pequena, diga-se de passagem. Sua sogra estava de cama e com febre.

Marcos é direto: Jesus a tomou pela mão, erguendo-a. Foi o suficiente para a febre ir embora e a mulher, restabelecida, passou a servi-los, imediatamente.

Mateus também é conciso em sua narrativa do fenômeno, não gastando mais que dois versículos (capítulo oito, versículos quatorze e quinze).

Lucas, que pela tradição, era médico, se atém mais aos detalhes. Segundo ele, a febre era muito alta. E Jesus ter-lhe-ia imposto as mãos, aplicando-lhe vigoroso passe magnético, depois do que a mulher levantou, passando a servi-los.

Há que se dedicar algumas linhas para o passe espírita, verdadeira transfusão de forças fisiopsíquicas, operação da maior boa vontade, capaz de levar tanto alento a quem dele necessite. Julgamos conveniente abordá-lo não do ponto de vista de quem o aplica, mas, como sugere Emmanuel, na obra *Segue-me* (Casa Editora O Clarim), psicografia de Francisco C. Xavier, do ponto de vista de quem o recebe.

Porque o passe é um recurso novo e reconfortante, é remédio e assistência. Mas não dispensa o "complemento" do socorro, que cabe ao receptor. É necessário nos compenetrarmos disso, até mesmo para não banalizar esse recurso valioso. Assim como não ingerimos analgésico se não estamos com dor, não devemos recorrer ao passe espírita se estivermos bem.

É sugestiva a atitude da sogra de Pedro, levantando-se depressa, dispondo-se a servir. Para que conservemos os recursos abençoados do passe espírita, imperioso que tenhamos disposição semelhante à dela.

Neste ponto, estimula-nos Emmanuel a:
- Esquecer os males que nos perturbam;
- Desculpar as ofensas daqueles que não nos compreendem;
- Fugir ao desânimo destrutivo;
- Encher-se de simpatia e entendimento para com todos.

Assim, para absorver e guardar as vantagens do passe, acerta quem se esforça e "purifica o sentimento e o raciocínio, o coração e o cérebro", no dizer do benfeitor espiritual.

É que o passe se assemelha a alimento salutar. Se depositamos alimento de bom estado em recipiente contaminado, é de se esperar que aquele sofra prejuízos.

Portanto, indispensável produzir essa "receptividade edificante", adquirindo confiança e retificando a própria caminhada, valorizando não só o esforço dos irmãos encarnados, mas também a misericórdia do Alto.

André Luiz, no livro *Mecanismos da Mediunidade* (Ed. FEB), psicografia de Chico Xavier, capítulo 26, ilustra o tema com apontamentos interessantíssimos.

Segundo ele, havendo a confiança no enfermo, cria-se uma espécie de "ligação sutil entre o necessitado e o socorrista". É como um elo de forças, por meio do qual "verte" auxílio das Esferas Superiores, considerando-se também os créditos de ambos, de quem aplica e de quem recebe o passe.

Assim, o enfermo, ao reunir confiança e merecimento, emite ondas mentais características. Sob a supervisão dos benfeitores espirituais, cria condições para receber os recursos vitais, que poderá reter em si mesmo, segundo o instrutor espiritual, através das várias funções do sangue, inclusive.

Note que interessante, leitor amigo!

Quanto mais atenção o necessitado dá ao socorro recebido, melhor é a instalação do recurso em suas próprias células, o que corrige suas atividades, permitindo que se recomponham. A harmonia orgânica vai se restabelecendo, na medida do possível, permitindo que a mente retome o governo de sua própria organização fisiológica. E isso é maravilhoso, porque confirma a assertiva do Cristo: "a cada um segundo suas obras".

Pois é, difícil imaginar que haja alguém que nunca tenha atravessado uma fase de doença ou enfermidade. Elas nos afetam, a todos. Segundo a definição que Chico Xavier escreveu na obra *Estude e viva* (Ed. FEB), ditada por Emmanuel e André Luiz, são "problemas que carregamos conosco, criados por vícios de outras épocas ou abusos de agora, que a Lei nos impõe em favor de nosso equilíbrio".

Em outras palavras, surgem não por castigo, mas à feição de abençoado corretivo, para retificar nossos rumos, direcionando-os no bom caminho.

Ainda nessa linha de raciocínio, por Divaldo P. Franco, Carlos Torres Pastorino escreveu interessante recado no livro *Impermanência e Imortalidade* (Ed. FEB). Acompanhemos:

"A doença tem igualmente um significado emocional muito grande e útil, qual seja o de despertar o paciente para situações irregulares que vigem no seu comportamento ou que se encontram latentes no seu mundo íntimo, desencadeando os fenômenos perturbadores. Ela é a comunicação de que algo desconcertante vem ocorrendo e necessita de reparação urgente. [...]"

São, assim, benditos sinais de alerta, informando que há mudanças importantes aguardando nossa decisão e que, uma vez implementadas, repercutirão em efeitos extremamente benéficos, em tempo muito menor do que imaginamos.

Têm, portanto, sua razão de ser, enquanto não superamos nossas paixões e a inferioridade do mundo que habitamos e ao qual pertencemos, por absoluta necessidade.

No porvir, porém, uma vez habilitados a viver em mundos mais felizes, as enfermidades perderão sua função.

É o que lemos em *O Evangelho Segundo o Espiritismo*, capítulo 28, item 77, que diz:

"Nos mundos mais avançados, física e moralmente, o organismo humano – mais depurado e menos material – não está sujeito às mesmas enfermidades, e o corpo não é secretamente minado pela devastação das paixões".

Em capítulo anterior, de número 3, ao abordar os mundos superiores e inferiores, Kardec explica que, nos mundos que chegaram a graus superiores, o corpo não tem nada da materialidade terrestre e, portanto, não está sujeito às doenças ou deteriorações típicas da predominância da matéria.

Consolador, não é mesmo?

Até termos mérito para receber "alta" desse hospital chamado Terra, a Doutrina Espírita vai nos ajudando a desenvolver a virtude da resignação, para compreendermos a inferioridade do nosso mundo, e que precisamos fazer o que estiver ao nosso alcance para melhorar a própria situação, dentro dos recursos de que dispomos. Mas, se mesmo assim, não tivermos êxito, ela nos dará forças para suportar esses males, auxiliando-nos a compreender que são passageiros.

Ao lado dessas questões, permita-nos dizer uma última palavra sobre esse episódio.

O evangelista Lucas informa que, vendo a sogra de Pedro doente, os presentes intercederam por ela junto a Jesus.

O carinho pelos membros da própria família nos recorda que o Mestre não exigia que os seus seguidores abandonassem lar e familiares, logo que postos ao serviço de sua causa, como explica Cairbar Schutel, no capítulo 55 de *O Espírito do Cristianismo* (Casa Editora O Clarim).

Isto é, concluídas as tarefas evangélicas, retornavam aos seus lares e aos seus – e o próprio Cristo os acompanhava várias vezes, permanecendo com eles.

A lição fala da importância de sabermos conciliar os labores cristãos com a indispensável presença em casa, junto às nossas obrigações mais diretas, com cônjuges, filhos, pais etc.

Lacordaire, na edição de agosto de 1865 da Revista Espírita, instrui-nos nesse sentido, estabelecendo uma hierarquia, ao afirmar que os primeiros necessitados da nossa caridade são nossos cônjuges, nossos filhos, nossos pais e nossas mães – que ele chama de "os autores" de nossos dias, pois protegeram nossos primeiros passos. Em seguida, os irmãos segundo a carne; depois, os amigos do coração e, por fim, os pobres, a começar pelos mais miseráveis.

Interessante consideração, que nos faz pensar o quanto são credores do nosso afeto aqueles com quem somos chamados a conviver, mais intimamente.

Todavia, que não adiemos, a pretexto disso, o serviço que já podemos abraçar na seara espírita cristã, sendo perfeitamente possível conciliar família e trabalho voluntário junto a Jesus, sobretudo se aquela sente que este nos torna, de fato, pessoas melhores a cada dia.

CAPÍTULO 4

O SERVO DO CENTURIÃO

Tendo Jesus retornado a Cafarnaum, segundo o texto de Mateus (capítulo oito, versículos cinco a treze), um centurião romano recorreu a ele, por causa de um servo (ou de um filho?), que se encontrava em sua casa, paralítico e com muitas dores.

Esta passagem é parecida com a do texto atribuído a João (capítulo quatro, versículos quarenta e seis a cinquenta e quatro), chamada "A cura do filho do oficial do rei". Encontramos estudiosos que afirmam ser a mesma cura, enquanto outros divergem. Pela notável semelhança – uma cura à distância – manteremos ambas no mesmo capítulo.

O evangelista Lucas (capítulo sete, versículo dois) acrescenta que o enfermo estava à beira da morte e devia ser de grande valor para o romano. Em sua narrativa, menciona que o centurião teria enviado judeus ao encontro do Mestre, para pedir ajuda. E estes atenderam com alegria, pois o respeitavam muito: "Ele é digno de que lhe conceda isso, pois ama nossa nação, e ele mesmo edificou a sinagoga para nós".

Jesus atendeu prontamente ao pedido e se dirigiu ao local. Estando próximo da residência do centurião, porém, este enviou amigos para lhe dizer:

"Senhor, não sou digno de que entres sob meu teto, mas somente te expresses por palavra, e o meu servo será curado. Pois também eu sou homem sob autoridade, tendo abaixo de mim soldados; e digo a este: vai, e ele vai; e a outro: vem, e ele vem; e ao meu servo: faze isto, e ele o faz".

Sua resposta teria maravilhado o Mestre, que exclamou para os presentes não ter encontrado alguém, em Israel, com tanta fé.

Ao retornarem para casa, os amigos do romano notaram que o servo já estava curado.

Neste episódio, Jesus operou uma cura a distância. É preciso lembrar que ele deveria ser assessorado por uma multidão de bons Espíritos, sob suas ordens. E o enfermo, tendo méritos para receber aquela assistência, recebeu a cura.

Longe de termos o poder do Mestre, contudo, podemos beneficiar irmãos necessitados, através de serviços de auxílio, conhecidos como "Irradiação a distância".

A tarefa é realizada em reuniões privativas, onde se agrupam cooperadores treinados, com boa formação doutrinária, imbuídos de amor e boa vontade. Elevando seus pensamentos e sentimentos a Deus, oferecem, de si, doação de fluidos salutares, que são ampliados pelos Espíritos consoladores, que os sublimam e distribuem aos que se encontram necessitados.

Em geral, são atendidos prioritariamente os irmãos que buscam auxílio na casa de oração, através do atendimento fraterno. Receberão de acordo com sua necessidade e merecimento, sendo importante que estejam sintonizados com a assistência, através de leitura edificante, meditação e prece, no horário da atividade socorrista.

Havendo recursos, ainda, para a equipe espiritual, outros poderão ser atendidos, além dos assistidos cujos nomes se encontram listados no atendimento, como enfermos espirituais, pessoas internadas em hospitais da cidade etc.

Mas, e se, mesmo observando rigorosamente aqueles cuidados, permanecendo em nosso lar, sintonizados com os bons Espíritos, não recebermos a cura desejada?

Não é motivo para perdermos a fé na ajuda divina. Aliás, é bom lembrar, a fé foi a virtude, nessa passagem evangélica, que maravilhou Jesus.

E por que não devemos perder a confiança no Alto, em situações como essa?

É interessante, mas, não poucas vezes, a doença pode ser a cura!

Não se trata de qualquer proposta masoquista, estimado leitor. O tratamento prolongado, inspirando a virtude da paciência, os incontáveis cuidados, a união dos familiares em torno do problema, o exercício do amor, tudo isso são fatores que devemos pesar, na contabilidade dos custos e benefícios desta fase, que vai passar.

Muitas doenças são o melhor tratamento, que a vida encontrou, para nossa regeneração mais importante. André Luiz nos fala disso, ao comentar: "por exemplo, o mongolismo, a hidrocefalia, a paralisia, a cegueira, a epilepsia secundária, o idiotismo, o aleijão de nascença e muitos outros recursos, angustiosos embora, mas necessários (...) podem funcionar em benefício da mente desequilibrada, desde o berço, em plena fase infantil. Na maioria das vezes, semelhantes **processos de cura** (grifo nosso) prodigalizam bons resultados pelas provações obrigatórias que oferecem (...)" (*Nos Domínios da Mediunidade*, Ed. FEB, psicografia de Francisco C. Xavier, capítulo 15).

Quantas vezes ouvimos histórias belíssimas, de doenças prolongadas, que aproximaram ainda mais uma família, unindo esses corações, ligados (quase nunca por acaso) pelos fios do destino?

É principalmente para os momentos de desânimo – e até de questionamento da justiça de Deus – que a fé deve vir em nosso concurso.

Acompanhemos o coerente raciocínio do Codificador Allan Kardec, na questão 134 do capítulo 3 da obra *O que é o Espiritismo:*

"Se admitimos a justiça de Deus, não podemos deixar de admitir que todo efeito tem uma causa; e se esta causa não se encontra na vida presente, deve achar-se antes desta, porque em todas as coisas a causa deve preceder o efeito; há, pois, necessidade de a alma já ter vivido, para que possa merecer uma expiação".

A ninguém é dado sofrer, se não for por necessidade de algum ajuste, perante as leis universais, incontestavelmente infalíveis, porque divinas.

Nessas horas, em que o coração parece bater espremido, lembremos do amor de Deus, de Sua interminável paciência para conosco, e do quanto é possível termos nos equivocado, num passado que se perde no tempo, para termos merecido essa expiação.

Que não nos falte fé nos estatutos celestes, que sempre conferem a cada um segundo sua necessidade e merecimento; e alijemos de nossas consciências a infeliz ideia do acaso, ou de uma fatalidade cega.

Aliás, como bem resumiu o já citado André Luiz, na obra *Nosso Lar* (Ed. FEB), psicografada por Chico Xavier: "Deus criou o livre-arbítrio, nós criamos a fatalidade".

Nada de nos desesperarmos, portanto. Aliás, em momento algum. Conservar a serenidade é o caminho a seguir, se almejamos nossa recuperação integral. O oposto, isto é, a lamentação constante e inconsequente, em muito pode nos prejudicar.

Por exemplo, no livro *Entre a Terra e o Céu* (Ed. FEB), também do Espírito André Luiz, e psicografado pelo nosso querido Chico, extraímos curioso apontamento, no capítulo 39. Trata-se de uma fala atribuída à personagem Clara que, em dado momento, diz:

"Agora, que a oportunidade favorece a renovação, é preciso saber reconstruir o destino. Não olvidemos. A vida reduz-se a triste montão de trevas, quando não se faz plena de trabalho. Fujamos à velha feira da lamentação onde a inércia vende os seus frutos amargosos".

É curioso, mas quando pensamos em feira, imaginamos aquele local barulhento, com gente expondo produtos e competindo por fregueses. Pois é, assim é a lamentação! É o barulho da falta de conformação.

Compreendamo-nos como viajantes da eternidade, temporariamente mergulhados na carne, para o próprio aperfeiçoamento, colhendo o fruto das próprias escolhas. Não faz sentido ficarmos nos lamentando. Afinal de contas, nós construímos nosso destino; se ele não está tão bom assim, só podemos culpar a nós mesmos, não é verdade?

Engrossar o coro dos que vivem a lamuriar, na "feira da lamentação", dificilmente irá nos ajudar.

Há uma última consideração a fazer, recorrendo à imagem dos amigos que intercedem pelo centurião, junto a Jesus. Ela nos faz pensar em como é bom fazer o bem. Granjeamos amigos, sem mesmo ter consciência disso. Quando ajudamos alguém, beneficiamos irmãos ligados a essa criatura. E acabamos por conquistar corações em nosso favor.

Não foi por acaso que Jesus estabeleceu: "todas as vezes que fizestes isso a um dos menores dos meus irmãos, foi a mim que o fizestes" (Mateus, cap. 25, v. 40). Beneficiando a quem quer que seja, diminuímos a carga de obrigações da Espiritualidade Amiga, a serviço do Cristo. É ao próprio Mestre quem beneficiamos, indiretamente.

O centurião era um homem bom. Contrariando as expectativas, conquistara o coração dos habitantes daquela comunidade. Erguera uma sinagoga para eles. Tinha carinho pelos seus servos. Toda essa soma de bons sentimentos e atitudes revertera em seu próprio benefício: "Ele é digno de que lhe conceda isso, pois ama nossa nação, e ele mesmo edificou a sinagoga para nós" – diziam.

Jesus diz não ter encontrado fé daquele jeito em Israel. Não era mera fé religiosa. Era a fé que edifica no bem. Sem ser discípulo de Jesus, o centurião o encantou. Eis o verdadeiro discipulado. Dispensa aspectos exteriores, porque vem do coração.

Por isso ele ensinava: "Nisto todos conhecerão que sois meus discípulos, se vos amardes uns aos outros" (João, cap. 13, v. 35).

CAPÍTULO 5

O HOMEM DE MÃO RESSECADA

Na Palestina do século I, era comum os judeus se reunirem em pequenas edificações, chamadas "sinagogas". O culto era reservado ao Templo. As sinagogas destinavam-se mais ao estudo do texto judaico. Geralmente, eram construídas com os esforços e recursos da própria comunidade local. Aos sábados, as pessoas se reuniam e a tribuna era franqueada a qualquer um que, sob autorização do presidente (ou chefe) da instituição, abria o rolo sagrado, lia e comentava.

Em certo sábado, Jesus entrou numa dessas sinagogas e encontrou uma cena peculiar. Havia ali um homem, que portava uma das mãos mirrada, ou ressecada, como dizem algumas traduções. Lucas, atento a certos detalhes, informa que era a mão direita (capítulo seis, versículo seis). Numa sociedade em que o trabalho braçal predominava, podemos imaginar a dificuldade daquele enfermo, em obter o próprio sustento.

Além dele, e das demais pessoas que usualmente compareciam, estavam presentes também aqueles que, com o tempo, se tornariam uns dos principais adversários gratuitos do Evangelho: escribas e fariseus.

Israel havia passado por vários períodos, ao longo de sua história: o anterior a Moisés, o do grande líder, o dos profetas, o tempo do exílio na Babilônia e o período pós-exílio, são os que merecem mais destaque. Neste último, surgem diversas práticas e rituais, entre os quais, a observação rigorosa do sábado, quando era proibido trabalhar.

Os chamados "doutores da lei" se encarregavam de zelar pelas tradições judaicas. Kardec, na Introdução de *O Evangelho Segundo o Espiritismo*, nos fala deles, os escribas e fariseus, como homens extremamente cultos, porém cheios de uma severidade de princípios e inimigos dos inovadores.

Quem mais inovador que Jesus, naquele tempo? Claro, a figura do Mestre os incomodava muito. Infelizmente, ocupavam-se mais do culto exterior, que de sentimentos verdadeiramente piedosos.

Por isso, compareciam ali, na sinagoga, na condição de verdadeiros "fiscais". Porque Jesus tinha o "hábito" de curar pessoas, justamente no sábado – como já mencionamos aqui – o que, para a tradição da época, era uma violação do ritual. Seus adversários viam nisso uma ótima oportunidade para acusá-lo de quebrar a Lei e, assim, fazê-lo cair em descrédito perante o povo.

A lista de coisas que era proibido fazer, no sábado, era imensa. Tudo que remetesse a trabalho era ilícito. Curar enfermos também. Havia até uma escola, extremamente rigorosa, que proibia, inclusive, consolar um doente. Um amigo viajou para Israel, há alguns anos, e nos contou que, em um prédio onde entrou, os elevadores eram programados para parar em todos os andares, no sábado, porque "acionar o botão" era considerado um tipo de trabalho. Não falamos isso em tom de crítica, mas apenas para destacar quão zelosos são os judeus, com o respeito a esse dia da semana. Nos tempos de Jesus, isso devia ser ainda mais crítico.

Os evangelistas divergem quanto ao que teria ocorrido naquele momento.

Mateus diz que os escribas e fariseus questionaram o Mestre se era lícito curar no sábado. Ele teria respondido com uma questão desafiadora: qual dentre vós é o homem que, tendo uma ovelha, se ela cair num buraco, num sábado, não a salvará? Imagine que você tem um *pet*, a quem toda sua família estima. O pobrezinho atravessa a rua e é atropelado. Quem consentiria em deixá-lo sem socorro, um dia inteiro, para não quebrar uma tradição religiosa? Parece inconcebível, quase cruel. Nisso consistia o esforço do Mestre – curar aqueles corações endurecidos. Curar o homem de mão ressecada era o mais fácil; difícil mesmo era curar aqueles indivíduos de sentimentos frios e calculistas.

Lucas e Marcos concordam que foi o próprio Cristo quem, "lendo-lhes o pensamento", questionou se era lícito curar no sábado. Ante o silêncio deles, disse ao enfermo:

– "Levanta, fica em pé no meio, e estende a tua mão".

Assim que o enfermo a estendeu, ficou tão saudável quanto a outra.

Imaginemos sua reação. Olhos arregalados, atônito, olha para a própria mão, por tanto tempo ressecada, agora com sangue circulando normalmente, veias dilatadas, forte, capaz de empunhar qualquer ferramenta, de realizar qualquer trabalho. Tudo seria diferente a partir de agora. Deve ter pensado: Que homem era aquele, que poderes divinos ele reunia, para beneficiá-lo tanto assim, sem nada cobrar?

Cairbar Schutel, no capítulo 59 de *O Espírito do Cristianismo* (Casa Editora O Clarim), anota o que teria sido um possível diálogo do Mestre com o moço, após o episódio da cura:

"Doravante, estende sempre a tua mão, mas estende-a para o bem, pois já a estendeste muito para o mal. E se estendendo-a para o mal viste o efeito desse ato, se a estenderes para o bem o efeito será ainda mais pronto, mas ao inverso do resultado que obtiveste (...)".

No primeiro capítulo desse livro, expusemos, em ligeira abordagem, o processo da cura, a questão dos fluidos e porque era mais fácil, para o Mestre, curar os enfermos – ele reunia as qualidades necessárias, no grau mais elevado que se pode conceber para os padrões terrenos.

No entanto, deixemos o aspecto científico um pouco de lado, e ocupemo-nos do moral.

Emmanuel, ao discorrer sobre o tema, no capítulo 174 de *Fonte Viva* (Ed. FEB), psicografia de Chico Xavier, apresenta duas vias de interpretação, bem interessantes.

Primeiro, nos leva a pensar no homem que foi curado. Sua mão ficou tão sadia quanto a outra; mas, vazia também! Jesus não lhe colocou uma bolsa cheia de moedas ou fichas de privilégios nas mãos. Apenas lhe restituiu a condição de trabalhar novamente, e reparar os seus erros com a mesma mão que, outrora, havia praticado o mal.

Assim, seguindo o comentário de Emmanuel, entendemos que a Espiritualidade Maior sempre nos dará energias necessárias ao nosso equilíbrio e refazimento, mas nunca nos tirará a bênção do trabalho e do esforço, com os quais alcançaremos as conquistas que ficarão conosco, para sempre, pela lei do mérito, conquistas que "nem a ferrugem e nem as traças consomem, e nenhum ladrão pode roubar".

Seu próximo comentário focaliza os pedidos

que fazemos. Segundo ele, em muitas casas de oração existem milhares de criaturas de mãos estendidas. No entanto, muitos não as estendem para doar, e sim para receber.

Devemos pedir, é claro, por nós e por outros, aquilo que esteja ao alcance do Pai Maior nos dar e assim, restabelecidos, seguir nossa jornada evolutiva, caminhando em paz e equilíbrio. Todavia, o que temos pedido?

André Luiz, no capítulo 46 de *Os Mensageiros* (Ed. FEB), também psicografado por Chico Xavier, relata uma vivência ao lado do benfeitor Aniceto. Eles estão em um Centro Espírita. Numa mesa, pessoas depositam pedidos. Aniceto comenta com André Luiz que a maioria deles dificilmente poderia ser atendida, pois partia de pessoas que sequer se dispunham ao menor sacrifício. Outras, jamais se deram o trabalho de, ao menos, abrir o texto evangélico, para conhecer os roteiros iluminativos da Boa Nova.

Como atender quem não se dispõe a oferecer coisa alguma?

Agora, consideremos as expressões que o Cristo empregou, no ato de curar: "Levanta, fica em pé no meio, estende a tua mão!". Elas tocam em algo maior que a cura.

É para isso que temos que "dialogar" com o texto! Aliás, não é à toa que raramente sabemos o nome dos personagens curados: porque devemos colocar nosso nome ali...

É que somos os modernos cegos, paralíticos, surdos, pobres e estropiados (do corpo e da alma), aguardando a ação do Evangelho em nossas vidas, a fim de nos reerguermos, nos reencontrarmos com nossa realidade mais profunda.

"Levanta-te", de seu desânimo, de sua melancolia, de sua depressão...

"Fica em pé no meio", não espere sentado, integre-se, engaje-se, venha para o meio do movimento daqueles que se voluntariam, que praticam a caridade desinteressada, que amam servir, e que acabam descobrindo que essa é a maior das curas...

"Estende a tua mão", pratica o bem, com esquecimento de todo mal, porque fora da caridade não há possibilidade de redenção, não há como ser feliz.

Pessoas próximas de Chico Xavier diziam que,

quando ele estava no auge de suas dificuldades, inclusive orgânicas, Emmanuel lhe recomendava, como terapia, peregrinar pelos bairros mais humildes de sua cidade, se interessar e servir os mais necessitados. E Chico dizia que voltava dessas visitas se sentindo outra pessoa, totalmente revigorado para enfrentar suas lutas que, agora, já não pareciam tão difíceis.

Quando praticamos o bem, sentimos essa onda de felicidade a nos invadir. Abrimos as janelas da alma, registramos o concurso dos bons amigos espirituais, sentimo-nos amparados e amados pelo Pai Criador. É toda uma mudança que vai se operando em nossa intimidade, e que termina por nos fazer pessoas menos aflitas e mais confiantes.

É a receita da felicidade proposta por Jesus. Vem de graça? Não; vem quando decidimos nos levantar, nos integrar ao trabalho edificante e... estender nossa mão.

CAPÍTULO 6

O PARALÍTICO DA PISCINA

Em outro sábado, em que se comemorava uma festa dos judeus, Jesus subiu para Jerusalém. Perto da chamada "Porta das Ovelhas", havia uma piscina, um tanque, em hebraico chamado Betesda, com cinco portas. Segundo se estima, ali se dava de beber às ovelhas destinadas ao sacrifício, no grande templo. E, também, uma multidão de enfermos ficava deitada, esperando que a água da piscina se movesse.

É que, segundo uma crença, de tempos em tempos, um anjo descia e agitava a água. O primeiro que nela entrasse, ficava curado de suas doenças.

Ora, estava ali um paralítico, que se encontrava enfermo havia trinta e oito anos. O Mestre, aproximando-se dele e tendo ciência do seu estado, perguntou: "Queres ficar são?".

Ele teria respondido que não possuía alguém para levá-lo até o tanque, antes dos demais, no momento em que "o anjo agitava a água".

Ante essa resposta, disse-lhe o Cristo:

– "Levanta-te, toma o teu leito e anda".

Não foi necessário mais nada. O homem logo ficou bom e, levantando-se, tomou de seu leito e caminhou. Mais tarde, ao reencontrá-lo no templo, advertiu o Mestre: "Não peques mais, para que não te suceda coisa pior". O registro está no quinto capítulo do Evangelho de João (versículos um a dezoito).

Embora o texto evangélico não especifique de qual "festa dos judeus" se tratava, a expressão demonstra a intenção do evangelista de separar cristãos de judeus. A festa, destaca, é "deles". Se o texto foi escrito quando o Cristianismo se soltava do Judaísmo, o claro propósito de separação reforça sua historicidade.

Allan Kardec comenta em *A Gênese – os Milagres e as Predições Segundo o Espiritismo,* capítulo 15, itens 21 e 22, que a piscina em Jerusalém era uma cisterna junto ao templo, alimentada por uma fonte natural, cuja água parecia ter propriedades curativas. Era uma fonte intermitente que, em certas épocas do ano, jorrava com força e agitava a água. Segundo a crença vulgar, esse momento era o mais favorável para as curas; pode ser que, na realidade, no momento de sua saída, a água tivesse uma propriedade mais ativa, ou que a agitação produzida movimentasse lodo salutar para certas enfermidades.

"Esses efeitos são muito naturais e perfeitamente conhecidos hoje; mas, então, as ciências estavam pouco avançadas e se via uma causa sobrenatural, na maioria dos fenômenos incompreendidos. Por isso, os judeus atribuíam a agitação dessa água à presença de um anjo, e esta crença lhes parecia tanto melhor fundada porque, nesse momento, a água era mais salutar" – explica o Codificador.

Voltando nosso olhar para a doença do rapaz – a paralisia – recorramos a Humberto de Campos. Pela psicografia de Chico Xavier, no capítulo 13 da obra *Boa Nova* (edição FEB), diz-nos o benfeitor espiritual que doenças como essa parecem até contrárias à misericórdia de Deus. No entanto, explica-nos, o Pai tem Seu plano determinado "com relação à criação inteira". E dentro desse plano, a cada criatura cabe "uma parte da edificação, pela qual terá de responder". O problema é que, abandonando o trabalho divino, para viver ao sabor dos próprios caprichos, a alma cria para si a situação correspondente, tendo que trabalhar para reajustar-se, depois de ter-se deixado levar pelas sugestões contrárias à sua própria paz.

É preciso entender que o sofrimento não funciona em nossa vida com caráter punitivo. Já tivemos oportunidade de comentar sobre isso, em capítulo anterior. Lembra-nos Léon Denis, que: "Se há na Terra menos alegria do que sofrimento, é que este é o instrumento por excelência da educação e do progresso, um estimulante para o ser, que, sem ele, ficaria retardado nas vias da sensualidade. A dor, física e moral, forma a nossa experiência. A sabedoria é o prêmio" (*O Problema do Ser, do Destino e da Dor*, Ed. FEB, capítulo 9).

Saindo um pouco da doença, façamos um olhar para o conselho de Jesus: "Vai e não peques mais!" Emmanuel, no capítulo 50 do livro *Pão Nosso* (Ed. FEB), psicografia de Chico Xavier, afirma que as contribuições que vêm do Alto buscam o benefício da nossa felicidade, mas se não as conservarmos, de nada valerá a dedicação dos nossos benfeitores espirituais. "O fruto que não se aproveita, apodrece. As flores que não são cultivadas murcham. O amigo que você não conserva, foge da sua presença. A enxada que não é utilizada cria ferrugem. Assim também é a Graça Divina, torna-se imprestável se não tem a adesão da nossa vontade".

A advertência do Mestre foi essencial. A terapia do amor libertara o homem da escravidão, mas sem a mudança moral, o equilíbrio fatalmente voltaria a faltar.

Intrigante é a postura do paralítico, antes de a cura acontecer; quase surreal. Parece não acreditar mais que sua vida mudará, porque fica distante da piscina, aguardando alguém que o carregue, quando deveria esperar à margem dela, para se jogar, antes dos demais.

É difícil avaliar o que se passava em seu mundo íntimo. Afinal, o texto evangélico informa que estava paralítico havia trinta e oito anos. Dependendo da misericórdia alheia, sem poder trabalhar, caíra em profundo desânimo. Pode-se inferir, mesmo, que já não deveria possuir fé na solução da sua dor. Quando Jesus vai ao seu encontro e indaga se ele quer ficar são, não responde positivamente. Mantém-se apegado à sua melancolia.

Muitas vezes nos assemelhamos a esse paralítico. Conhecemos a mensagem evangélica, inteiramo-nos dos seus postulados, mas algo nos paralisa a ação, e parecemos não encontrar saída para os problemas cotidianos. Julgamos ter perdido a fé.

No ótimo livro *Coragem* (Ed. CEC), psicografado por Chico Xavier, encontramos precioso recado da Espiritualidade Amiga, induzindo-nos a refletir: "Se o Senhor não confiasse em ti, não te emprestaria o filho que educas, a afeição que abençoas, o solo que cultivas, a moeda que dás. Sempre que te refiras aos problemas da fé, não te fixes somente na fé que depositas em Deus. Recorda que Deus, igualmente, confia em ti".

Os Espíritos amigos confiam e investem em nós, mas pouco poderão fazer se não tiverem a nossa contrapartida, porque respeitam nosso livre-arbítrio. Quanto mais evoluídos, mais eles se sentem no dever de considerar nossas decisões, conquanto não deixem de nos assistir, sempre que nos dispomos a receber-lhes o concurso amigo.

Se o desânimo nos assalta a alma, como fazia com o paralítico do tanque, recorramos aos ensinamentos do Evangelho, com as luzes novas da interpretação espírita. E isso nos fará compreender que, se nosso sofrimento se estende, sem solução aparente, é porque talvez a misericórdia divina reconheça a necessidade da ação pedagógica que isso representa, a fim de formar a nossa experiência, nos premiando, lá na frente, com mais sabedoria.

Que não nos falte a predisposição para lutar contra o esmorecimento. Há preciosos estímulos à nossa disposição, se abraçarmos com carinho as orientações da nossa querida doutrina. É preciso ter a coragem de dar os primeiros passos. "Um bom começo é a metade", diz a frase atribuída ao filósofo grego Aristóteles.

Uma das receitas mais eficazes contra a dor é ir ao encontro daqueles que, momentaneamente, sofrem dores maiores que as nossas. Colhemos abençoados frutos de compreensão e estímulo, quando nos dispomos a praticar gestos de fraternidade pura. Dizia com muita propriedade o Espírito Emmanuel, pela psicografia de Chico Xavier, na página 13 do já citado *Coragem:* "Quando o tédio te procure, vai à escola da caridade. Ela te acordará para as alegrias puras do bem e te fará luz no coração, livrando-te das trevas que costumam descer sobre as horas vazias".

Permita-nos concluir essa reflexão, voltando ao tema do sábado. Já tivemos oportunidade de falar sobre isso nos capítulos precedentes. De fato, a ênfase dessa narrativa parece cair sobre o problema deste dia. Afinal, o enfermo pegou seu leito e foi embora. Não se sabe sequer se perguntou o nome daquele que o curou, ou se passou a segui-lo.

O foco, então, seria o incidente teológico provocado por Jesus, ao fazer nova cura, durante o sábado. Claro, sem qualquer intenção de provocar conflitos.

É que o Mestre estava de tal forma acima das questiúnculas humanas, das tradições terrenas passageiras, que não fazia sentido aguardar o dia seguinte para a prática da caridade. Era preciso socorrer a dor e a aflição, sem demora.

Certa vez, ouvi de um sacerdote: "Jesus não se encaixa no humano – é o humano que tem que tentar se encaixar em Jesus". Quão lindo é isso!

É o grande desafio das religiões (e dos religiosos modernos): acima do culto, a prática do amor, promover o bem, instruir, consolar os que sofrem, imitar o Cristo. Infelizmente, materializamos as coisas do Espírito. Encaixamos Jesus nos padrões humanos.

Tinha muita razão Cairbar Schutel, ao concluir: "dado o atraso espiritual da Humanidade e a sua tendência para a materialidade, agora essas curas só ocorrem raramente" (*O Espírito do Cristianismo*, capítulo 71, Casa Ed. O Clarim).

CAPÍTULO 7

O LUNÁTICO DE GERASA

O capítulo oitavo, do texto evangélico de Mateus, passa aos leitores uma clara intenção: demonstrar os poderes impressionantes de Jesus.

Neste capítulo, temos uma sequência de fenômenos:

a) A cura de um portador de hanseníase;

b) A cura do servo do centurião;

c) A cura da sogra de Pedro;

d) Jesus acalma uma tempestade e

e) Jesus afasta Espíritos maus de um homem.

Ou seja, mostra como os poderes do Mestre eram amplos; abarcavam as doenças humanas, os fenômenos da natureza e os maus Espíritos. Nada lhe escapava.

Do versículo vinte e oito em diante, lemos que Jesus, e seus discípulos, atingiram o território de Gerasa, de barco. Mateus chama o lugar de Gadara. De qualquer forma, tratava-se de uma região na margem sul-oriental do famoso lago de Tiberíades.

Desembarcando, tiveram uma surpresa. Veio ao encontro deles um homem nu, esquálido, cabelos despenteados, extremamente agitado. Era chamado de lunático pois, segundo a crença da época, mostrava-se mais ou menos violento, conforme as fases da lua.

A versão de Mateus apresenta dois endemoninhados. Marcos e Lucas reportam-se a apenas um homem. Para nós, essas diferenças são irrelevantes. Concentrar-nos-emos no aprendizado que a passagem pode nos trazer.

O homem, perturbado por inteligências invisíveis, morava num cemitério, nas proximidades. Sua fama era grande. A população tinha medo dele. Alguns moradores mais destemidos o prendiam com correntes, às vezes, mas ele conseguia se soltar.

Todo cemitério, por si, já atemoriza muita gente. Imagine um, onde um cidadão, reconhecidamente perturbado por Espíritos malévolos, vive ameaçando os transeuntes que por ali se arrisquem. É razoável que as pessoas sentissem medo do local.

Quando o Mestre se aproximou, viu que o problema era de ordem espiritual. Imediatamente, ordenou aos Espíritos que atormentavam o rapaz, a deixá-lo.

– "Que importa a mim e a ti, Jesus, filho do Altíssimo? Rogo-te que não me atormentes" – respondeu o homem, claramente influenciado pelos Espíritos.

– "Qual é o teu nome?" – indagou Jesus.

– "Legião é o meu nome, porque somos muitos".

A resposta sugere uma tentativa de intimidação. A palavra "legião" era conhecida, designava uma divisão militar romana, cerca de seis mil soldados.

Parece exagerado supor que uma quantidade tão grande de Espíritos havia se assenhoreado daquele moço. Seja como for, não deviam ser poucos, afinal, muitos se comprazem em perambular pelos cemitérios.

Vem uma cena inusitada. Uma grande vara de porcos pastava na região. Para Marcos, eram em torno de dois mil. Os Espíritos imploraram a Jesus que não os expulsasse dali, mas que pudessem "entrar nos porcos". Assustados, os animais teriam se precipitado num declive, caindo num lago e se afogando. O guarda-porcos correu para avisar seus patrões e logo uma multidão se juntou no local.

Para espanto de todos, o antigo lunático agora estava vestido, portando-se como uma pessoa normal, tranquila, quase irreconhecível. O homem, que era motivo de pânico para a comunidade, agia agora como qualquer outro morador local, em perfeito juízo.

Apesar do grande benefício que o Cristo havia trazido àquela comunidade, os moradores exigiram sua partida dali. Não desejando criar tumulto, ele foi se retirando. O homem curado pediu se podia ir junto. Ele lhe respondeu: "Vai para tua casa e para os teus e conta-lhes o quanto te fez o Senhor, e como teve compaixão de ti".

Essa passagem evangélica relata um caso de perturbação espiritual, conhecido como obsessão – a ação persistente de um Espírito sobre outro, encarnado ou não, que vai, desde uma simples influência moral, até a perturbação completa de suas faculdades mentais. Nesse último caso, chama-se subjugação. No passado, era chamada de possessão. É o domínio severo de um indivíduo sobre outro, que vai paralisando a sua vontade, fazendo-o agir a seu mau grado.

Quanto ao "estouro" do rebanho, fica a dúvida: os animais sofrem influências espirituais?

Não tanto quanto os humanos, por falta de sintonia, mas podem sentir uma certa pressão psíquica, podem "perceber" os Espíritos (embora sejam controlados por entidades dedicadas à proteção da Natureza). Nesse caso, não teriam sido os Espíritos que entraram nos porcos – porque o animal não pode ser médium de um Espírito humano – mas foram os próprios animais, esbaforidos com a visão que tiveram, que fugiram e se precipitaram no mar, segundo nos ensina Cairbar Schutel (*O Espírito do Cristianismo*, capítulo 56).

Cairbar nos lembra, aliás, do capítulo 22 do livro bíblico "Números", no Antigo Testamento, sobre o episódio da jumentinha de Balaão, que se desvia do caminho quando um Espírito fica na sua frente.

Na segunda parte de *O Livro dos Médiuns*, item

Da Mediunidade nos Animais, capítulo 22, elucida Erasto:

"É certo que os Espíritos podem tornar-se visíveis e tangíveis aos animais e, muitas vezes, o terror súbito que eles denotam, sem que lhe percebais a causa, é determinado pela visão de um ou de muitos Espíritos, mal-intencionados com relação aos indivíduos presentes, ou com relação aos donos dos animais. Ainda com mais frequência vedes cavalos que se negam a avançar ou a recuar, ou que empinam diante de um obstáculo imaginário. Pois bem! Tende como certo que o obstáculo imaginário é quase sempre um Espírito ou um grupo de Espíritos que se comprazem em impedi-los de mover-se".

Para Kardec, devemos ficar no terreno da alegoria, no episódio dos porcos. Lemos em *A Gênese – os Milagres e as Predições Segundo o Espiritismo*, capítulo 15, item 34:

"Um Espírito, porque mau, não deixa de ser um Espírito humano, embora tão imperfeito que continue a fazer mal, depois de desencarnar, como o fazia antes, e é contra todas as leis da Natureza que lhe seja possível fazer morada no corpo de um animal.

No fato, pois, a que nos referimos, temos que reconhecer a existência de uma dessas ampliações tão comuns nos tempos de ignorância e de superstição; ou, então, será uma alegoria destinada a caracterizar os pendores imundos de certos Espíritos."

Em poucas palavras, aquela "legião", bem como os donos dos porcos, irritados com Jesus, simbolizam cada um de nós que, desprezando o Evangelho, continuamos cultivando tendências impuras.

Como nos explica Schutel:

"Foi uma lição de moral que o Mestre quis deixar, para que os homens aprendam a se limpar das mazelas morais (...) porque se não o fizerem (...) em vez de irem para as alturas espirituais, permanecerão nas manadas imundas, sujeitos a ficarem submersos nos mares bravios do sofrimento, afogados nas ondas do desespero".

Sobre a reação dos gerasenos, desejando que Jesus se retirasse, recorremos ao comentário de Richard Simonetti, em *Tua fé te salvou* (Ed. CEAC), capítulo "A morte dos porcos". Embora a ação do Mestre beneficiasse a todos, neutralizando aquela "legião" e curando o agressivo lunático, que não oferecia mais perigo, os moradores locais se apegaram mais ao prejuízo material, que ao ganho espiritual.

Frequentemente incorremos nesse erro. Ficamos desanimados com certas situações que nos acontecem, se são difíceis e problemáticas. Não raciocinamos com calma; geralmente tomamos decisões precipitadas. Só mais tarde vamos constatar que nos beneficiaram, nos aproximaram da religião, sensibilizaram nossas almas, ajudando-nos a superar tendências vinculadas ao imediatismo terrestre.

Há, ainda, o interessante pedido de Jesus para que o moço curado não o acompanhasse, mas voltasse para casa. Emmanuel, em *Palavras de Vida Eterna* (Ed. CEC), psicografia de Chico Xavier, capítulo 168, ensina que é no círculo mais íntimo, no lar ou na profissão, que provamos a solidez do que aprendemos. Aplicar os princípios evangélicos, junto daqueles que nos conhecem as falhas, é o meio mais apropriado para testar a nossa capacidade de pregá-los, um dia, aos outros. É essencial difundir o evangelho pelo "idioma do exemplo" dentro de casa, junto daqueles que conhecem nossas limitações, nossos hábitos, porque é ali que somos mais rigorosamente "policiados". É ali, onde não temos "máscaras", que o verdadeiro teste se dá.

É por isso que, de novo, precisamos abrir o texto evangélico com a lupa que nos auxilia a enxergar o aspecto moral, senão, ficaremos girando em círculo: os Espíritos entraram mesmo nos porcos? Os porcos morreram na queda? Jesus prejudicou os donos dos porcos?...

Lembremos o que Kardec anotou na Introdução de *O Evangelho Segundo o Espiritismo:* "a maioria está mais interessada na parte mística do que na parte moral que exige a reforma de si mesmo".

De fato, sempre é mais convidativo fugir daquilo que nos obriga à renovação de sentimentos e atitudes. Todavia, é ali que está o "mapa do tesouro"...

CAPÍTULO 8

O HANSENIANO DE GENESARÉ

Segundo a Sociedade Brasileira de Dermatologia, a hanseníase, antigamente conhecida como lepra, é uma doença infecciosa causada por uma bactéria, chamada *Mycobacterium leprae*, ou bacilo de Hansen, e que teria sido identificada em 1873 pelo cientista Armauer Hansen. É doença muito antiga, com registro de casos há mais de quatro mil anos, na China, no Egito e na Índia (Disponível em https://www.sbd.org.br/dermatologia/pele/doencas-e-problemas/hanseniase/9/. Acesso em: 26/12/2021).

A doença afeta, majoritariamente, a pele e os nervos, e pode atingir todas as idades e ambos os sexos. Mas tem cura e pode permitir que o enfermo leve uma vida normal. Se não tratada, porém, pode deixar sequelas. Como antigamente era chamada de "lepra", ainda encontraremos a expressão "leproso", no lugar de hanseniano, em muitas traduções bíblicas, embora o termo já tenha sido banido, por sua conotação preconceituosa.

Hoje, em todo o mundo, o tratamento para essa doença deve ser oferecido gratuitamente, para que deixe de ser um problema de saúde pública. No século I, porém, o mal de Hansen segregava suas vítimas, que eram obrigadas a viver distantes do convívio comum com os demais.

Um dia, Jesus acabara de descer de um monte, de onde ensinava, nas proximidades de Cafarnaum. Um hanseniano se aproximou, pedindo:

— "Senhor, se quiseres, podes purificar-me".

Amélia Rodrigues, pela psicografia de Divaldo P. Franco, no capítulo 13 de *Primícias do Reino* (Ed. LEAL), conta-nos, com a costumeira delicadeza, que uma coragem inusitada o havia impelido à procura do Mestre.

Até aquele dia, vivia como um animal, porque era proibido de entrar nas cidades. Assemelhando-se a um cadáver vivo, era obrigado a vagar pelos campos, praticamente misturado às outras vítimas da mesma enfermidade.

Bastou surgirem as primeiras manchas roxas na pele, as pústulas esbranquiçadas e todos passaram a desprezá-lo. A doença contagiante praticamente isolava o enfermo do convívio de familiares e amigos.

A hanseníase era uma das enfermidades mais cruéis, naquela época. Impunha grande martírio físico e moral em suas vítimas.

Ante seu pedido, estendendo a mão, o Mestre o tocou, dizendo:

– "Quero, seja purificado!".

No mesmo instante, a hanseníase o deixou. Ato contínuo, Jesus lhe recomendou guardar-se de propagar aquela cura aos outros, mas apresentar-se ao sacerdote, junto com a oferta prescrita por Moisés. Era uma exigência legal daquele tempo, que o habilitava ao convívio com as pessoas, à participação nas atividades religiosas, enfim.

O episódio consta de três Evangelhos (Mateus, cap. 8, v. 1 a 4; Marcos, cap. 1, v. 40 a 45 e Lucas, cap. 5, v. 12 a 16). Mateus é quem dá destaque à preocupação de Jesus com o ritual de purificação do enfermo, previsto no décimo quarto capítulo do livro "Levítico". O capítulo todo desse livro é dedicado ao tratamento dado ao portador da doença, e à residência onde fosse constatado que ela se instalou, com prescrições específicas de sacrifícios e rituais de purificação.

Por que essa preocupação do Mestre? Logo ele que não se deixava levar pelas exigências meramente humanas, fazer questão de orientar o enfermo a cumpri-las?

Cairbar Schutel, no capítulo 54 de *O Espírito do Cristianismo* (Casa Editora O Clarim) é quem lança luz sobre a questão. Segundo ele, dando aquela ordem, Jesus tentava curar outro enfermo: o sacerdote; "enfermo da alma que não procurava compreender as coisas de Deus", para que ele entendesse qual a religião que deveria efetivamente abraçar e praticar: a religião do amor, da caridade pura, livre de rituais, farta de fraternidade, sobretudo com os mais infelizes.

Pedimos licença para ficar mais um pouco na companhia de Amélia Rodrigues, a fim de conhecermos mais detalhes sobre o enfermo, relatados pelo próprio Cristo. Segundo ele, o moço havia se contaminado "espiritualmente", em passado próximo.

Acompanhemos um trecho da explicação que o Mestre teria dado aos apóstolos, sobre sua história:

"(...) Ontem, soberbo e egoísta, banhou-se nas lágrimas dos oprimidos, abusando do corpo como os ventos bravios das tamareiras solitárias. Retornou aos caminhos de tormento em si mesmo atormentado, para ressarcir penosamente".

E sobre sua cura, acrescentou:

"(...) O legado que hoje recebeu é de responsabilidade antes que de merecimento. O Pai misericordioso não deseja a punição do filho rebelde ou ingrato, mas a sua renovação... Nem todos, porém, podem isto compreender".

Destaque precisa ser feito para o carinho do Cristo com esse tipo de enfermo. Nas orientações aos discípulos, enviados em missão, insistia em pedir:

— "Curai os enfermos, limpai os leprosos, ressuscitai os mortos, expulsai os demônios; de graça recebestes, de graça dai". (Mateus, cap. 10, v. 8).

Infelizmente, aquele irmão, apesar da solicitude do Mestre, não parece tê-la aproveitado, segundo a narrativa de Amélia Rodrigues. Ele não conseguiu compreender a dádiva que recebera. E ainda desacatou o pedido de Jesus, alardeando a cura de forma descontraída, alegre e levianamente, segundo nos conta a autora espiritual.

A advertência é digna de ser meditada por nós outros. Mais importante que a cura exterior, é aquela que alcança sentimentos e emoções. Conseguiremos sempre? Sabemos que não. Mas é preciso tentar, insistir e cuidar, para não cairmos novamente.

Eliseu Rigonatti, ao comentar sobre a hanseníase, em *O Evangelho dos Humildes* (Ed. Pensamento), a compara a um dos mais enérgicos remédios para livrar a alma de pesados débitos, contraídos em experiências passadas. Observemos ilustrativo trecho:

"(...) No tribunal da justiça divina, o castigo é sempre proporcional à falta cometida. Por isso, os que são tocados por tão terrível enfermidade é porque têm grandes contas a liquidar. Em primeiro lugar, deverão dar graças ao Pai pela sublime oportunidade de resgate, que Sua misericórdia lhes proporciona; depois, encherem-se de fé, paciência, coragem e resignação".

Voltando a Schutel, na obra já citada, há outro ponto desse episódio que não podíamos deixar passar: o contato do Mestre com o leproso, contato físico mesmo, o toque no enfermo, com sua mão, não temendo o contágio e fazendo-o sentir-se "gente", outra vez.

Tomamos conhecimento de uma linda história, em que um médico, especialista nessa doença, certa vez atendia um hanseniano, na Índia. Durante o exame clínico, colocou sua mão sobre o ombro dele, explicando, para uma intérprete, o tratamento que ele deveria fazer. Nessa hora, o paciente teria começado a chorar. Intrigado se havia dito algo errado, o médico questionou a intérprete. Ela lhe informou que o seu toque, no ombro do doente, o emocionara muito, já que ninguém o tocava, há muitos anos.

Quanta sensibilidade tinha Jesus, estendendo sua mão e tocando aquele enfermo, não é mesmo?

Gostaríamos de concluir com impactante recadinho, de novo, de Emmanuel. Em *Palavras de Vida Eterna* (Ed. CEC), capítulo 147, psicografia de Chico Xavier, recorda o benfeitor esse gesto do Mestre, "estendendo sua mão" para o hanseniano.

"(...) Jesus, embora pudesse representar-se por milhões de mensageiros, escolheu vir ele próprio até nós, colocando mãos no serviço, de preferência em direção aos menos felizes".

Toda grande ideia precisa de mãos que a executem. Mãos diligentes, ágeis, seguras, destemidas, afetuosas, talentosas...

Quantas mãos não foram estendidas para nos beneficiar, leitor amigo? Mãos que nos sustentaram a caminhada vacilante, que nos agasalharam, que nos alimentaram, que nos ensinaram as primeiras letras. Desdobraram-se gentis, para que nós também, seguindo o mesmo exemplo, não vacilássemos na hora de fazer a parte mínima que nos cabe.

Que nos inspire a ternura, a delicadeza do médico que emocionou o enfermo indiano e, mais ainda, o carinho do Médico dos Médicos, que se comovia com qualquer doente, mesmo com aqueles que pareciam não merecer, tocando-lhes o corpo com suas próprias mãos, sem rodeios. No fundo, o Cristo só queria (e quer) uma coisa: tocar, definitivamente, o coração do ser humano.

CAPÍTULO 9

A FILHA DE JAIRO

Depois do episódio em Gerasa, segundo Marcos (capítulo cinco, versículo vinte e um), Jesus atravessou para a outra margem do lago, de barco. Ao chegar, uma multidão já o aguardava.

Aproximou-se um chefe de sinagoga, chamado Jairo, e prosternou-se aos pés dele.

Curvar-se até o chão, perante alguém, era demonstrar profundo respeito e humildade. Nas páginas do Velho Testamento, vemos o líder Josué curvar-se até o solo, diante de um Espírito superior que lhe surge, estando ele perto de Jericó (Josué, cap. 5, v. 14).

Aflito, Jairo teria implorado a Jesus, pela filhinha, que estaria à beira da morte. Pedia-lhe que impusesse as mãos sobre ela, para que se salvasse.

Lucas, em seu texto, informa que a menina era filha única e tinha cerca de doze anos (capítulo oito, versículos quarenta a cinquenta e seis).

O Mestre, como sempre, atendeu prontamente. No caminho, curou uma jovem senhora, que padecia de um fluxo de sangue havia doze anos, de quem falaremos mais adiante.

Enquanto Jesus se despedia dela, agora curada de seu mal, com palavras de estímulo e soerguimento, chegaram alguns conhecidos de Jairo, interpelando-o:

– "Tua filha morreu. Por que ainda incomodas o Mestre?".

Não dá para imaginar o impacto de uma notícia dessas no coração de um pai ou de uma mãe! Quem, ainda que ciente do grave estado de um filho, suporta, sem abalos, uma informação dada com tanta frieza?

A pergunta nos deve levar a pensar, no mínimo, no quão delicados temos que ser, em situações como essa, nos colocando no lugar de quem está sofrendo, com sensibilidade, para não ferir, para poupar o outro, assim como gostaríamos de ser poupados. Ainda temos que nos policiar muito, até amadurecermos nossos sentimentos de gentileza, de carinho, de ternura para com nossos semelhantes...

O Cristo, porém, atento a tudo, sente o impacto

devastador da informação, no coração sensível daquele pai. Sem demora, consola-o, absolutamente indiferente à notícia que acabavam de trazer.

– "Não temas, apenas crê".

Na presença do Mestre, não há males insuperáveis, não há obstáculos intransponíveis. As montanhas de dificuldades vão sendo transportadas, daqui para acolá. Para isso, é preciso não temer, mas crer, somente.

Mas como agir assim, quando se está no auge da aflição?

Crer, acreditar, lembra-nos da palavra crédito que, em boa síntese, é a confiança que se deposita em algo ou alguém.

A nossa fortaleza moral, ante as adversidades da vida, depende, fundamentalmente, do grau de confiança, do "crédito" que damos à Providência Divina, à perfeição das leis universais, no inquebrantável equilíbrio do "a cada um segundo suas obras".

É fácil? Nem sempre, sobretudo nos momentos tormentosos. Mas é para esses que a confiança tem sua função. Infelizmente, no entanto, não nos preparamos, convenientemente, para esses enfrentamentos. Nos relacionamos bem com a divindade, até que as circunstâncias se tornem desfavoráveis – aí abalamo-nos. Eis algo em que precisamos nos esmerar, para que o desespero não nos roube o fruto abençoado das provas redentoras pelas quais todos atravessamos, sem exceção.

Sobre isso, André Luiz, com propriedade, anota em *Agenda Cristã* (Ed. FEB), capítulo 29, pela psicografia de Chico Xavier:

"A confiança não é um néctar para as suas noites de prata. É refúgio certo para as ocasiões de tormenta".

Confiar ou não, depende de nós. É uma questão de escolha. Jairo podia dar ouvidos aos amigos, e deixar-se dominar pela desolação. Escolheu, no entanto, confiar nas palavras do Cristo. Acertou "em cheio"!

Retomemos a narração evangélica. Jesus não permitiu que ninguém o acompanhasse, apenas os apóstolos Pedro, Tiago e João. Ao chegarem à casa do chefe da sinagoga, contemplaram grande alvoroço, pessoas chorando e lamentando.

Ao que consta, o Mestre teria entrado na residência e dito:

– "Por que estais alvoroçados e chorais? A criancinha não morreu, mas dorme".

Marcos anota que houve quem zombasse dessa afirmativa.

Pedindo que todos saíssem, o Mestre convidou o pai e a mãe da menina a entrarem juntos, no cômodo onde ela estava, além dos três apóstolos. A atitude confere historicidade ao relato, afinal, naquela época, com doze anos, a jovem já podia ser desposada. Por isso Jesus tem a delicadeza de entrar no aposento, junto com os pais.

Segurando-lhe a mãozinha frágil, ordenou, em aramaico: "Talita cúmi". A frase, traduzida, quer dizer: "Menina, eu lhe digo, levante-se".

Imediatamente, a jovem colocou-se de pé e andou, normalmente.

Entre as últimas recomendações, ante os olhos espantados de todos os presentes, pediu para que lhe dessem algo de comer. Segundo Marcos e Lucas, o Mestre ainda teria solicitado que não contassem a ninguém sobre o ocorrido. Mateus, porém, anotou que a notícia da cura se espalhou, por toda aquela região.

Passemos a palavra a Kardec, a fim de entendermos melhor essa "ressurreição":

"O fato do retorno, à vida corpórea, de um indivíduo realmente morto, seria contrário às leis da Natureza e, por conseguinte, miraculoso. Ora, não é necessário recorrer a essa ordem de fatos para explicar as ressurreições operadas pelo Cristo. Se, entre nós, as aparências enganam, às vezes, os profissionais, os acidentes dessa natureza deveriam ser bem mais frequentes num país onde não se tomava nenhuma precaução, e onde o sepultamento era imediato" (*A Gênese – os Milagres e as Predições Segundo o Espiritismo,* capítulo 15, item 39).

Corroborando seu argumento, Kardec remete o leitor ao próprio texto bíblico, onde se lê, por exemplo, no livro "Atos dos Apóstolos", capítulo cinco, versículos cinco a dez, o sepultamento de Ananias e sua esposa, instantaneamente após a notícia do "suposto" falecimento do casal.

Hoje, ante os avanços da Medicina, sabemos que o temor de ser sepultado vivo é infundado, haja vista a série de técnicas com as quais se atesta, com segurança, o fenômeno da morte. Mas, naqueles recuados tempos...

Pondera Kardec que naquele, e em outros casos semelhantes, "não havia senão síncope ou letargia". Sua fala confirma a do próprio Mestre, para quem a menina não estava morta, mas "dormindo". E conclui:

"Em consequência da força fluídica que Jesus possuía, nada é de admirar que esse fluido vivificante, dirigido por uma forte vontade, haja reanimado os sentidos entorpecidos; que haja mesmo podido chamar, para o corpo, o Espírito prestes a deixá-lo, enquanto o laço perispiritual não estava definitivamente rompido. Para os homens desse tempo, que acreditavam o indivíduo morto desde que não mais respirasse, havia ressurreição e puderam afirmá-lo com muita boa fé, mas havia, em realidade, cura e não ressurreição na acepção da palavra".

Sobre o tema, lê-se, também, na pergunta 423 de *O Livro dos Espíritos*:

"Na letargia, o corpo não está morto. Sua vitalidade se encontra latente. Enquanto o corpo vive, o Espírito a ele fica ligado. No momento em que os laços que prendem um ao outro se rompem por efeito da morte real, a separação é definitiva e o Espírito não pode mais voltar ao seu envoltório. Quando um homem, aparentemente morto, volta à vida, é que a morte não era completa".

Aí está, portanto, a explicação científica para o inusitado fenômeno. Mas não é com esse aspecto que queremos concluir, e sim, com o moral.

Cairbar Schutel (*O Espírito do Cristianismo,* Casa Editora O Clarim, capítulo 58), levanta vários, inclusive, mas preferimos dar espaço ao precioso trecho abaixo, com que colocamos um ponto final neste comentário, por não acharmos outro melhor:

"Outra lição aprendemos: nos momentos difíceis da vida, é preciso voltar os olhos para os céus e chamar a Jesus. Temos esse exemplo em Jairo, que não confiou no seu sacerdócio, na sua família, nos médicos da época, nem na multidão que se apinhou em sua casa".

Ante as piores angústias da vida, é preciso colocar nas mãos de Deus. Colocar nossos problemas? Não, eles são nossos! Colocar nosso coração, nossas emoções, nossos pensamentos. Não temer, como fez Jairo, mas crer, somente...

CAPÍTULO 10

A MULHER COM FLUXO DE SANGUE

No caminho até a casa de Jairo, outra cura notável teria ocorrido, sob a ação do Cristo, segundo as anotações de Mateus, Marcos e Lucas.

Mateus relata que uma mulher, com um sangramento havia doze anos, teria se aproximado por trás de Jesus, tocando na barra da sua veste (capítulo nove, versículos vinte a vinte e dois). Pelo que se sabe, ela dizia para si mesma, que se somente tocasse a veste dele, "se salvaria".

De forma sucinta, o evangelista simplesmente diz que Jesus virou-se e, vendo a mulher, lhe disse: "Anima-te, filha, tua fé te salvou". E, a partir daquela hora, ela ficou curada.

Marcos, por sua vez, acrescenta outras informações. Primeiro, escreve que Jesus, ao sair, era acompanhado por uma multidão, que o comprimia. Em seguida, declara que a mulher havia gasto tudo o que tinha, sob cuidados médicos, e que seu estado havia se tornado ainda pior. Ouvindo falar do Mestre, recorreu a ele, tocando sua veste e ficando curada, imediatamente. Depois, diz-nos o texto, ele teria reconhecido que havia saído poder de si mesmo e, voltando-se para a multidão, perguntava: "Quem tocou nas minhas vestes?" (capítulo cinco, versículos vinte e cinco a trinta e quatro).

Vem, então, uma resposta dos discípulos (para Lucas teria vindo de Pedro), que não sabemos se sugere espanto, indignação ou ironia: "Vês que a turba está te comprimindo, e dizes: Quem me tocou?".

Aparentemente, o Mestre não se incomodou com a resposta e olhava em redor, para ver quem o havia tocado. A mulher, assustada, prostrou-se diante dele e revelou a verdade. Consolando-a, disse: "Filha, a tua fé te salvou. Vai em paz e permanece curada do teu flagelo".

Kardec, ao discorrer sobre o episódio, no capítulo 15, item 10, de *A Gênese – os Milagres e as Predições Segundo o Espiritismo*, explica o movimento fluídico que se operou de Jesus para a mulher. Ambos teriam sentido a ação. O detalhe curioso é que o

Mestre não agiu por vontade própria. Sua própria irradiação fluídica "normal" bastou.

Que amor tinha Jesus! Como devia ser generosa a irradiação de fluidos benéficos, que vinha dele! Um foco de luz, entre as sombras humanas, com recursos inesgotáveis para todos. Mateus chega a mencionar que qualquer doente, que tocasse na orla da sua roupa, sarava (capítulo catorze, versículo trinta e seis).

Pergunta o Codificador, como um professor interessado em levar o aluno a refletir: "Mas por que essa irradiação se dirigiu para essa mulher, antes que para os outros, uma vez que Jesus não pensava nela, e que estava cercado pela multidão?".

A resposta vem em dois belíssimos parágrafos, que praticamente esgotam o assunto. Repetimos aqui, para facilitar a consulta:

"(...) O fluido, sendo dado como matéria terapêutica, deve atingir a desordem orgânica para repará-la; pode ser dirigido sobre o mal pela vontade do curador, ou atraído pelo desejo ardente, a confiança, em uma palavra, a fé do enfermo. Com relação à corrente fluídica, o primeiro fato tem o efeito de uma bomba premente e o segundo de uma bomba aspirante. Algumas vezes, a simultaneidade dos dois efeitos é necessária, outras vezes, um só basta; foi o segundo que ocorreu nesta circunstância".

Observemos, portanto, o mérito e a fé daquela mulher. De tão grandes, funcionaram à maneira de um "aspirador", atraindo as energias irradiadas pelo Mestre.

E é sobre essa fé que arremata Kardec:

"(...) Compreende-se aqui que a fé não é a virtude mística, tal como certas pessoas a entendem, mas uma verdadeira força atrativa, ao passo que aquele que não a tem opõe à corrente fluídica uma força repulsiva, ou pelo menos uma força de inércia, que paralisa a ação. Segundo isto, compreende-se que dois enfermos, atingidos pelo mesmo mal, estando em presença de um curador, um pode ser curado e o outro não".

Esse parágrafo resume, com objetividade, o que a Doutrina estabelece como um dos princípios mais importantes da mediunidade curadora. Explica, de forma natural, as aparentes anomalias, isto é, o porquê de algumas curas se efetivarem, e outras não.

É consagrada, em nosso meio, aquela imagem da pessoa que, sentando-se para receber a assistência do passe espírita, numa casa de oração, ao duvidar do seu efeito, é como se, no momento de receber o auxílio, colocasse sobre si um verdadeiro "guarda-chuva" fluídico, deixando de receber o benefício.

No caso da mulher, houve um efeito inverso. Sua confiança nos poderes do Mestre foi tão completa, que produziu uma sucção dos fluidos terapêuticos, por ele irradiados, ao tocar a extremidade de sua roupa.

Muitos podem ser os caminhos que nos levem a tal estado de fé sincera e ativa.

Qual teria sido o que a mulher curada por Jesus percorreu? Como podemos aprender com sua fé inspiradora?

Em *Dicionário da Alma* (Ed. FEB), Chico Xavier psicografou um pensamento ditado pelos Bons Espíritos, sobre a fé, que diz: "A fé continuará como patrimônio dos corações que foram tocados pela graça do sofrimento (...)".

Podemos estar enganados, não há dúvida, mas

é possível que aquela mulher tenha concebido muito de sua fé na escola do sofrimento.

Numa sociedade machista, em que ela tinha o valor de uma mercadoria, podemos imaginar seu padecimento, agravado por uma doença ginecológica daquele porte.

Estabelecia a lei judaica que a mulher, durante o período de sua menstruação, deveria ficar sete dias apartada das demais pessoas (Levítico, cap. 15, v. 19 a 28). Era considerada uma pessoa impura, pelos rígidos códigos da época. Além disso, qualquer um que a tocasse, era considerado impuro também.

Até mesmo os locais onde sentasse ou deitasse, dizia a lei local, ficavam "impuros".

Mas o versículo mais cruel talvez seja o de número vinte e cinco, do citado Levítico, que diz:

"Também a mulher, quando tiver o fluxo do seu sangue, por muitos dias fora do tempo da sua separação, ou quando tiver fluxo de sangue por mais tempo do que a sua separação, todos os dias do fluxo da sua imundícia será imunda, como nos dias da sua separação".

Ou seja, perdurando o fluxo, perdurava a segregação, a condição de impureza.

Agora, imagine o caso da jovem senhora, sofrendo desse mal por doze anos. Por todo esse tempo, tinha que se submeter ao rigoroso regime de separação dos demais. Mal podia aproximar-se de um parente. Provavelmente, nem uma relação conjugal podia sustentar, já que seu parceiro também seria considerado imundo, ao coabitar com ela.

Teria sido na longa trajetória da doença, gastando seus recursos escassos com médicos, sem sucesso, e sofrendo o que a lei judaica lhe impunha, que o solo de sua alma foi sendo sulcado, para que a fé, como semente divina, ali encontrasse terreno fértil, germinasse e crescesse, produzindo frutos "cem vezes mais do que tinha sido plantado"?

Não podemos afirmar que sim. O que sabemos é que foi com uma fé robusta, alicerçada na certeza do amor de Deus e dos poderes daquele Mestre diferente, que ela se esgueirou pela multidão – que certamente a olhava com receio – passos vacilantes, algo atemorizada, por tentar tocar Jesus, às escondidas. Mas sua fé era maior que tudo isso. "Se eu somente tocar a veste dele, estará bom. Tenho fé que vou me salvar...".

Lindo e cativante exemplo, dessa mulher confiante e de grande fibra moral, que conseguiu "vencer" o preconceito, a multidão, e esticar o braço para tocá-lo.

Entre nós e o Cristo sempre há uma multidão a vencer: multidão de erros, de vícios, de imperfeições, de mazelas e até de sofrimentos.

Mas é preciso caminhar até ele, buscar "tocá-lo". O toque simboliza aproximação, contato, redução de distância. Quem se aproxima do Evangelho, quem reduz esse distanciamento, aspira os recursos benfazejos que ele tem reservado a cada um de nós.

"Quem tocou minhas vestes?" – indaga o Divino Amigo.

É o sublime momento da atenção que ele volta para a criatura sofrida, de coração dolorido e triste. Nessa hora, seus olhos meigos e gentis pousam sobre o pedinte sincero, cujo sofrimento calou fundo, despertando-o para as coisas espirituais. O amor do Cristo não conhece limites e sua assistência é generosa e farta. Quer saber quem o tocou. "Aquele que vem a mim, de maneira nenhuma lançarei fora" – dizia sempre.

Caminhemos na direção dele, nos inteirando do abençoado programa de renovação que sua mensagem nos reserva. Nos aguardam estudos fascinantes, aprendizado contínuo, crescimento pelo trabalho disciplinado e pela caridade desinteressada, desenvolvimento de nossas faculdades psíquicas, renovação íntima pelo autoconhecimento, maior equilíbrio das emoções, ampliação de laços de amizade fraterna, alegria de viver...

E tudo isso ao alcance de um pouco de esforço, um "esticão de braço", com fé.

CAPÍTULO 11

O PARALÍTICO DE CAFARNAUM

Ainda no capítulo nono do texto atribuído a Mateus, encontraremos outra cura bem conhecida que, aliás, abre o capítulo. Trata-se de um paralítico, na cidade de Cafarnaum.

Esse registro é outro bom exemplo de que, ao estudar uma passagem evangélica, devemos, sempre que possível, comparar o que todos os evangelistas escreveram sobre ela. A maioria dos exemplares do Novo Testamento, em língua portuguesa, traz, abaixo do título da passagem, a referência para que o leitor a localize, em todos os evangelistas que a abordam.

É um exercício importante, que ajuda com pistas interpretativas e enriquece a compreensão acerca do tema.

O estudioso paciente deve colocar a passagem em estudo, lado a lado, comparando cada versículo com o seu correspondente, nos outros Evangelhos. Isto propicia um olhar abrangente, que expõe semelhanças e diferenças, além de curiosidades.

Gastamos essas linhas porque o leitor perceberá uma boa diferença entre os evangelistas, ao confrontar as três narrativas da cura do paralítico de Cafarnaum.

Mateus, por exemplo, informa que Jesus havia deixado a região de Gadara, de barco. Atravessando o lago, chegou a cidade. Trouxeram até ele um paralítico, deitado sobre um leito. Vendo o esforço dos companheiros que o carregavam, disse-lhe: "Anima-te, filho, os teus pecados estão perdoados".

Surge uma pequena querela, com alguns escribas presentes, que o acusam de blasfêmia, ao proclamar perdoados os pecados do rapaz. O Mestre, como sempre, resolve o problema com sabedoria e com imperturbável calma.

Em seguida, ordena ao rapaz que se levante e vá para casa. E ele o faz. As pessoas que assistiram aquilo ficaram perplexas, afinal, nunca se viu algo parecido.

Marcos também confere a esta passagem a prerrogativa de abrir um capítulo, o de número dois de seu livro. Mas entra com uma novidade, no que Lucas o acompanha.

De acordo com ele, depois de entrar em Cafarnaum, espalhou-se a notícia de que o Mestre estava dentro de uma casa. A multidão acorreu para o endereço. Era tanta gente, que não tinha lugar para quem quisesse ouvir o que ele ensinava, nem lá dentro e nem na porta de entrada.

Entra em cena, então, o grupo de amigos que carregava o paralítico. Estando a porta cheia de gente, deliberam subir pela escada lateral, que era comum nas casas da época. Ao chegarem no teto, que era plano, pois os hebreus gostavam de fazer refeições ali, removem uma parte, improvisando espécie de claraboia. Com isso, conseguem visualizar onde o Mestre estava, e descem o paralítico até ele. O desfecho é idêntico à narrativa de Mateus.

Ficamos a imaginar o esforço coordenado dos amigos do enfermo, soltando corda num ritmo sincronizado e cuidadoso, cheios de esperança de que o Mestre os ajudaria.

Como são belos os frutos do amor! Como sensibiliza nossa alma, ver corações, dedicados ao bem, superarem obstáculos para poderem ajudar um amigo! Enquanto os escribas trazem o coração frio, levantando polêmicas de natureza religiosa, indiferentes à dor do paralítico, seus colegas não se deixam impressionar pelas dificuldades e alcançam a assistência do Mestre. Se efetivamente queremos o auxílio do Alto, o amor é o único caminho.

Kardec nos brinda com o esclarecimento da fala de Jesus: "perdoados estão os teus pecados", no item 14, capítulo 15 de *A Gênese – os Milagres e as Predições Segundo o Espiritismo.*

Segundo ele, "os males e as aflições da vida são, frequentemente, expiações do passado, e que sofremos, na vida presente, as consequências das faltas que cometemos numa existência anterior; sendo as diferentes existências solidárias, umas com as outras, até que se pague a dívida de suas imperfeições".

Seu débito havia sido pago com sua fé e, como resultado disso, mereceu livrar-se da enfermidade. A causa cessando, o efeito devia cessar também.

Cairbar Schutel discorre um pouco mais sobre isso, ao explicar (*O Espírito do Cristianismo,* capítulo 57, Casa Ed. O Clarim):

"(...) o paralítico, retirado das atrações mundanas, teve de se adaptar a uma outra vida; e, como se achava isolado e sentia-se oprimido, foi-se orientando para Deus; veio-lhe então a fé, e uma moral libertadora o envolveu aos poucos, até que, no momento em que foi apresentado a Jesus, já estava apto para "receber o perdão da imoralidade em que se mantivera" por muito tempo e preparado para receber a ação fluídico-terapêutica do Grande Médico".

Semelhante à mulher com fluxo de sangue, o longo sofrimento deve ter modificado suas disposições íntimas, orientando-o para as coisas de Deus.

A dor, em certo ponto, tem o poder de "erguer a alma". Funciona à maneira de abençoada sacudida, para que vençamos a paralisia mais perigosa: a do Espírito. Certas experiências, embora duras, nos ajudam a deixar o "leito" da acomodação, aliviando os ombros amigos (encarnados e desencarnados), que praticamente nos "carregam", em nossa lenta jornada ascensional, como os que carregavam o paralítico.

Curioso é que, semelhante ao caso da mulher hemorrágica, o paralítico também teve que enfrentar uma multidão... É o Evangelho trazendo precioso lembrete de que os obstáculos estão aí, para nos estimularem a superação e para nos ensinarem que nada "cai do céu".

Estamos vivendo o período da regeneração do orbe terreno. É tudo com que sonhávamos. Mas precisamos nos perguntar: e essa regeneração, já entrou em nós? Já abriu o "teto" de nossa alma, para descer até o nosso coração?

Jesus ensinava que o reino dos céus não vem com aparência exterior, e que ele está dentro da gente. Embora muitos corações amigos nos sustentem, nos ajudem e até nos conduzam até o Mestre, chega uma hora em que temos que conquistar isso por nós mesmos. "A cada um segundo suas obras", ensina o texto sagrado.

Gradativamente, por meio da vivência do Evangelho e do ensino dos Espíritos Superiores, devemos ir modificando nossos pontos de vista em relação à vida, apreciando as coisas de mais alto e encontrando forças para o esforço individual, intransferível, de renovação dos próprios sentimentos, pensamentos e atitudes.

O paralítico de Cafarnaum tem muito a nos ensinar, além de sua fé inabalável nos poderes do Cristo.

Sua humildade, implorando ajuda dos amigos, que subiram com ele uma escada estreita, até encontrarem um vão no teto, por onde o deslocaram até embaixo, é inspiradora também. Não devemos ter vergonha de pedir ajuda, quando dela necessitamos. É melhor do que adiar, por orgulho, e ter que pedir lá na frente, quando a situação poderá estar ainda mais séria.

Alguém que esteja sofrendo séria perturbação espiritual, por exemplo, não deve adiar a busca por socorro. Processos longos de obsessão degeneram em prejuízos incalculáveis, inclusive orgânicos, de difícil solução.

Ao lado da fé e da humildade do paralítico, devemos destacar também o seu bom ânimo, sua proatividade. Diante de uma situação imprevista (pois não devia estar contando com a multidão bloqueando a entrada), encarou-a de forma positiva, usando de toda sua engenhosidade e criatividade para achar um caminho, uma brecha que fosse.

Sua atitude é um convite a refletirmos mais sobre como reagimos às adversidades da vida, às situações imprevistas, aos dilemas do coração.

Ante doenças, acidentes ou os variados problemas de saúde que nos afetem, saibamos ter essa disposição positiva, a fim de encará-los como experiências transitórias e necessárias, e façamos nossa parte para encontrar meios de superação, recorrendo ao concurso de profissionais competentes, pedindo orientação para pessoas que passaram pela mesma experiência, nos inspirando em fatos parecidos, e por aí vai.

As chamadas Ciências da Saúde também são recursos que a Divindade oferece ao ser humano. Estando enfermos, devemos nos dedicar ao tratamento simultâneo, jamais desprezando as orientações dos profissionais capacitados para nos ajudar, pois isso atende a Lei de Conservação. Ao lado da Medicina terrena, buscaremos apoio em casas de oração sérias, que podem nos sustentar, estimulando-nos a paciência, a resignação. São os "ombros amigos", aos quais recorremos, até tudo passar...

O importante é não deixarmos de aproveitar as brechas, as oportunidades de crescimento espiritual. O paralítico entrou por um "vão" no teto. A vida tem desses vãos, caminhos que precisamos identificar (ou mesmo abrir). A escolha é nossa! Diante da dor ou da dificuldade, ver a "multidão na entrada" e desistir... ou criar uma "abertura".

CAPÍTULO 12

OS DOIS CEGOS

Depois que Jesus deixou a casa de Jairo, aquele chefe de sinagoga, seguiram-no, até em casa, dois cegos que gritavam (Mateus, cap. 9, v. 27 a 31):

— "Tenha piedade de nós, filho de David!".

Quando se aproximaram do Mestre, Ele lhes disse:

— "Credes que posso fazer isso?".

Responderam afirmativamente: "Sim, senhor".

Tocando-lhes os olhos, disse: "Conforme a vossa fé, seja feito a vós".

Foi o suficiente para que seus olhos se "abrissem".

Antes de os despedir, pediu-lhes que guardassem segredo do ocorrido. Os dois, porém, ao saírem dali, espalharam a novidade por toda aquela terra.

Esse relato é exclusivo de Mateus. Com este, e com a cura do surdo-mudo, o evangelista vai fechando as anotações do dia memorável, que iniciou com o episódio em Gadara.

A casa para onde Jesus foi, provavelmente, era a de Simão Pedro, em Cafarnaum, onde deveria ficar no retorno de suas andanças.

Provavelmente, também, este é o primeiro momento em que um enfermo israelita (neste caso, dois) o chama pelo título de "filho de David".

De acordo com o *Pequeno Vocabulário da Bíblia,* de Wolfgang Gruen (Ed. Paulus), "filho de David" seria um título messiânico de Jesus. Não é filho no sentido biológico, mas um descendente dele.

David, que parece significar "amado", reinou depois de Saul. É um dos personagens históricos mais importantes em Israel. A ele se atribui a autoria dos Salmos e estima-se que teve um reinado longo e glorioso. É visto como o antepassado ilustre do rei esperado, um novo rei ungido, ou Messias (Cristo, em grego) – Jesus.

O Mestre, porém, não parecia se preocupar com esse título. Dificilmente atribuía a si mesmo essa expressão. Há quem pense ser esse o motivo de ter ido até a casa para curá-los, procurando anonimato, em vez de fazê-lo no meio das pessoas.

Agora, por qual razão ele pede segredo sobre a cura (aliás, em outras também)? Não seriam ótima estratégia para atrair os curiosos e assim difundir melhor a Boa Nova?

Ao que tudo indica, ele não desejava que as pessoas o vissem como mero "fazedor de milagres". Certamente, almejava que deslocassem o foco das questões terrenas, centralizando mais suas atenções nas coisas do Espírito. Mesmo assim, as multidões acorriam atrás dele para solucionarem suas dificuldades mais imediatas, seduzidas pelos fenômenos produzidos. Infelizmente, não parece ter mudado muito...

Essa preocupação também afetava nosso querido Codificador. Em *O Livro dos Espíritos,* dividiu ele os adeptos da Doutrina em três graus (Conclusão, item VII):

> a) os que acreditam nas manifestações e se limitam a verificá-las (veem a Doutrina como uma ciência de experimentação);
>
> b) os que compreendem as suas consequências

morais (mas não as praticam, necessariamente);

c) os que praticam ou se esforçam para praticar essa moral.

Isto é, apenas um terço busca realmente o essencial – a renovação da própria conduta.

Eliseu Rigonatti, em *O Evangelho dos Humildes* (Ed. Pensamento), acrescenta outro argumento, ao pedido de silêncio de Jesus: sua humildade. Desejava demonstrar que a benção vinha de Deus, não dele, a fim de que as pessoas glorificassem o Pai Criador.

Sua atitude é digna de ser meditada e seguida, por todos que abraçam tarefas na seara cristã, sobretudo pelos irmãos envolvidos com a tarefa do passe espírita, por exemplo. Deve-se fugir de perguntar, a um assistido, sobre os resultados do passe que nele aplicou. Se, por algum motivo, tomar conhecimento que obteve sucesso, não deve se julgar superior, afinal, todo o auxílio vem de Deus e sem Ele, nada somos.

Todo passista precisa compenetrar-se de que a melhora de um assistido, na casa de oração, depende de leis divinas envolvidas, além, é claro, da postura e atuação do próprio assistido, como já vimos.

Por isso, o seareiro nunca pode aceitar qualquer tipo de gratificação, presente ou agrado. Um "mimo", que aceite receber, fere o princípio elementar do "dai de graça o que de graça recebestes".

Trazendo mais luz ao episódio da cura, Schutel, no capítulo 65 de *O Espírito do Cristianismo* (Casa Ed. O Clarim), nos explica a razão da fala de Jesus: "Faça-se conforme a vossa fé". É que o fluido magnético tem um valor extraordinário, e sua eficácia é tanto maior, quanto maior docilidade possuir aquele que deseja recebê-lo.

Os dois cegos imploram a ajuda do Cristo. Quando ele indaga se acreditavam no seu poder, respondem sem demora que sim. Estão totalmente abertos, dóceis à ação do Mestre. Este, por sua vez, carinhosamente toca-lhes os olhos, fazendo-se perceber e fortalecendo assim a convicção deles.

Para bem receber os fluidos benéficos, que corações queridos irradiam para nos ajudar, segundo Schutel:

"(...) é preciso que haja docilidade e fé a fim de que os fluidos enviados sejam bem recebidos e possam agir, reparando o organismo para o completo restabelecimento".

Para ele, os dois cegos não desacataram o pedido de silêncio do Mestre, por acaso. Considerados praticamente mortos pela sociedade da época, o benefício que receberam fez explodir em seus corações o sentimento da gratidão. O mínimo que podiam fazer era sair e espalhar, para todo lado, o nome daquele curador incomparável, para quem nada parecia ser impossível.

Cumpre-nos entender essa cura, no seu sentido mais profundo. O Evangelho restaura nosso discernimento, aclarando-nos a visão espiritual e ampliando-nos a responsabilidade. Àquele que não enxerga, admite-se a queda. Ao que vê, no entanto, espera-se algo mais.

Somos, hoje, dotados de revelações de uma ordem tão transcendente, que já não podemos mais alegar ignorância, sem graves prejuízos para nós mesmos.

Antes, num passado não tão distante, tateávamos na escuridão, cegos pela loucura produzida pelas paixões, pelo egoísmo, pela vaidade, pelo orgulho.

Hoje, envolvidos pelo amor tão generoso do Cristo Jesus, temos a oportunidade de andar de "olhos abertos", enxergando os perigos do caminho. E não são poucos. Ainda presos aos grilhões da matéria, estamos sujeitos a nos desviar da rota mais segura.

Cultivando docilidade e fé, no entanto, nosso discernimento se alonga, enxergamos mais à frente, de mais alto. A névoa da ignorância parece se dissipar, vemos com clareza os objetivos da existência terrena, tão fugaz e passageira, breve ponte entre existências que se solidarizam, harmonicamente, umas às outras.

E assim, vai se dissipando a cegueira da imaturidade espiritual, com a qual tropeçamos tanto e tão tragicamente, principalmente nas armadilhas do materialismo.

Na Revista Espírita, de fevereiro de 1860, temos belíssima comunicação espontânea, obtida pelo Sr. Pécheur, em 13 de janeiro de 1860, na Sociedade

Parisiense de Estudos Espíritas, que julgamos digna de ter um de seus trechos aqui reproduzidos, por fazer alusão à cegueira espiritual, produzida pela "venda" do materialismo.

"(...) Neste momento, Deus faz penetrar em vosso coração um raio de esperança; uma mão amiga vos retira a venda do materialismo, que vos cobre os olhos; uma voz dos céus vos diz: Olha no horizonte aquele foco luminoso, é um fogo sagrado que emana de Deus; essa chama deve iluminar o mundo e o purificar; deve fazer penetrar sua luz no coração do homem e dele expulsar as trevas que obscurecem seus olhos. Alguns homens pretenderam vos trazer a luz; entretanto, não produziram senão um nevoeiro, que fez perder-se o reto caminho".

Sua última frase parece fazer referência às filosofias materialistas que, por muitos anos (e até hoje), proclamam a desnecessidade de Deus, negam a existência do Espírito e sua imortalidade, e a comunicação entre os dois planos da vida. "Cegos guiando cegos", como dizia Jesus, seu destino, infelizmente, só pode ser cair no barranco.

Pedimos licença para concluir com expressivo

fragmento dessa comunicação, um convite aos cristãos modernos:

"(...) Não sejais cegos, vós a quem Deus mostra a luz. É o Espiritismo que vos permite levantar a ponta do véu que cobria o vosso passado. Olhai agora o que fostes e julgai. Curvai a cabeça ante a justiça do Criador. Rendei-lhe graças por vos dar coragem para continuar a prova que escolhestes".

Ninguém nos impôs as provas que enfrentamos. Abraçamo-las, por necessidade, e se as aceitarmos, com docilidade, é sinal de que nossos olhos estão querendo se abrir...

CAPÍTULO 13

O ENDEMONINHADO MUDO

Ao saírem da casa onde Jesus curou os dois cegos, eis que um grupo trouxe um homem mudo, que estava, segundo achavam, "endemoninhado".

Mateus, de forma bem resumida, anota que, "expulso o demônio", isto é, esclarecido o Espírito que estaria perturbando o rapaz, ele passou a falar (capítulo nove, versículos trinta e dois a trinta e quatro).

A multidão estava perplexa: "Jamais se viu tal coisa em Israel!".

Os adversários do Mestre, neste caso específico alguns fariseus, murmuravam que ele fazia aquilo por intermédio do "maioral dos demônios", vulgarmente chamado Satanás (em hebraico, adversário, acusador).

Nesta hora, vemos Jesus exemplificar o que ensinava, mais uma vez. Não reage à acusação dos fariseus. Serenamente, se afasta, "oferecendo a outra face" à agressão desmedida. Tendo sido esse um dos primeiros movimentos de provocação de seus adversários, podemos presumir o quanto o Mestre deve ter-se entristecido, pois a quem muito é dado, muito será pedido. E eles tinham conhecimento de sobra.

A dureza dos corações daqueles religiosos, porém, mais apegados à forma que ao fundo da religião judaica, os tornava muito mais doentes do que aqueles a quem o Mestre curava.

Demasiadamente preocupados com seus interesses, cegos de orgulho e vaidade, "murmuravam" entre si. A palavra, no sentido bíblico, remete à lamentação maledicente, à intriga, ao mexerico.

Aqueles irmãos tinham ciência de que os poderes de Jesus eram de uma natureza elevada, muito superior ao que podiam imaginar. Mas não conseguiam admitir isso em seus corações.

Certamente, já tinham conhecimento de uma das grandes falas dele: "Pelo fruto se conhece a árvore". Tinham convicção de que os frutos que ele produzia – as curas – eram bons. E não podendo negar isso, tentam um último recurso: desacreditá-lo publicamente, acusando-o de envolvimento com o "maioral dos demônios".

Com os conhecimentos atuais, já sabemos que não existem demônios, na concepção comum do termo. "Os designados sob o nome de demônios são Espíritos ainda atrasados e imperfeitos, que fazem o mal no estado de Espírito, como faziam no estado de homens, mas que avançarão e se melhorarão" – esclarece-nos Kardec no capítulo 1, item 30 de *A Gênese – os Milagres e as Predições Segundo o Espiritismo*.

O Cristo, naturalmente, compreendia o atraso em que aqueles irmãos se demoravam e não se envolveu com a acusação descabida, embora, em outros momentos, tentasse contra-argumentar, apelando para o bom senso deles, tentando fazê-los ver a incoerência de sua argumentação.

O Codificador explica esse problema, na obra básica já citada, capítulo 15, item 36, dizendo, com profunda lucidez, que os fariseus não refletiam que "Satanás expulsando a si mesmo, praticaria um ato de insensatez".

Essa ideia, aliás, se enfraqueceu com o tempo. A maioria dos estudiosos sérios não concorda com ela. É o que nos fala o próprio Kardec, ao apresentar a opinião de um eclesiástico, Monsenhor Freyssinous, bispo de Hermópolis, de um documento por ele publicado já em 1825, intitulado "Conferências sobre a religião", que diz:

"Se Jesus tivesse operado esses milagres pela virtude do demônio, o demônio teria, pois, trabalhado para destruir o seu império, e teria empregado a sua força contra si mesmo. Certamente, um demônio que procurasse destruir o reino do vício para estabelecer o da virtude, seria um estranho demônio. Eis por que Jesus, para repelir a absurda acusação dos Judeus, lhes disse: "Se eu opero prodígios em nome do demônio, o demônio está, pois, dividido consigo mesmo, e procura destruir-se!" resposta que não admite réplica".

Ao comentário acima, Kardec diz que esse deve ser, precisamente, o argumento que os espíritas devem opor, aos que atribuem aos demônios os bons conselhos que recebem dos Espíritos. "O demônio seria um ladrão de profissão que daria tudo o que roubou, e convidaria os outros ladrões a se tornarem pessoas honestas".

É bom que se diga: a passagem do mudo endemoninhado não deixa muito claro se a causa da mudez era, de fato, a ação de um mau Espírito. O próprio Codificador lança essa dúvida, dizendo que a obsessão espiritual não ficou evidente na narrativa (*A Gênese – os Milagres e as Predições Segundo o Espiritismo,* capítulo 15, item 33).

Naquela época, e por um bom tempo ainda, todas as enfermidades, cuja causa fosse desconhecida, eram atribuídas à influência dos "demônios", principalmente o mutismo, a epilepsia e a catalepsia.

De fato, se a pessoa tinha boca, por que não falava?

Ainda não se conheciam as causas da mudez, a relação da garganta, das cordas vocais, da língua e até dos pulmões com a doença, sua associação com a surdez etc.

Se tenho boca, língua e garganta perfeitas, por que não falo? Simples, um demônio me impede! Foi a crença que perdurou muito tempo, até o avanço e as descobertas da Ciência. Muitos epiléticos têm sido tomados como obsidiados, no entanto, "necessitavam mais de médico do que de exorcismo" (*O Livro dos Espíritos*, questão 474).

Eliseu Rigonatti e Cairbar Schutel, no entanto, admitem que a causa da mudez do rapaz podia, sim, ser perseguição espiritual, ação de um Espírito obsessor.

Lembra-nos o primeiro que um Espírito obsessor pode atuar sobre um organismo todo, ou sobre determinados órgãos de uma pessoa, prejudicando-a. No caso dessa passagem, sua opinião é de que a ação maléfica atingia os órgãos vocais (*O Evangelho dos Humildes,* Ed. Pensamento).

Prossigamos algumas linhas na companhia de Rigonatti. Explica-nos ele, que as obsessões podem ser causadas por deficiências morais, vingança de inimigos desencarnados ou mediunidade mal empregada.

Sobre as deficiências morais, é importante dizer que são perigosos atrativos à ação de irmãos nossos da Espiritualidade, que ainda se comprazem em fazer os seres humanos sofrerem, como eles sofrem. Em geral, esta ação não diminui o seu próprio sofrimento. No fundo, fazem isso mais por inveja de ver seres mais felizes que eles e para os manter distanciados de Deus. Mas é importante destacar: só se ligam àqueles que os solicitam, pelos seus desejos, ou os atraem pelos seus pensamentos. Daí a importância do combate às deficiências morais (*O Livro dos Espíritos*, questão 465 e seguintes).

Não era à toa que Jesus ensinava: "todo aquele que olha com desejos impuros uma mulher, já cometeu adultério com ela em seu coração" (Mateus, cap. 5, v. 27 a 28).

Eis uma das mais importantes curas que devemos almejar: a dos sentimentos e pensamentos que asilamos em nossos corações.

André Luiz, na obra psicografada por Chico Xavier, intitulada *Nos domínios da Mediunidade* (Ed. FEB), capítulo treze, afirma que "imaginar é criar". É assim que nossos mais íntimos pensamentos adquirem "vida e movimento", ainda que passageiros.

"É da forja viva da ideia que saem as asas dos anjos e as algemas dos condenados" – adverte o instrutor espiritual, de forma inspiradora.

Se insistimos nos pensamentos mais baixos e grosseiros da experiência humana, é natural que irmãos, que vivem assim na Pátria Espiritual, se associem a nós, atraídos pelos nossos impulsos inferiores. Absorverão as substâncias mentais que emitimos – explica André Luiz – e projetarão sobre nós aquilo de que são portadores.

É, lamentavelmente, uma "epidemia" silenciosa, da qual a maior parte da humanidade mal se dá conta.

Por essa razão, sempre que se manifestar um caso de obsessão, o obsidiado deve ser levado a um Centro Espírita sério, a fim de receber a necessária assistência espiritual.

Para Schutel, que concorda com Rigonatti, o mudo não tinha lesão física. Seus órgãos vocais não estavam afetados, senão pela ação do Espírito perturbador que o constrangia, proibindo-o obstinadamente do exercício do órgão vocal. E que Jesus, ao ver isso, afastou o perseguidor, razão pela qual o rapaz passou imediatamente a falar (*O Espírito do Cristianismo,* Casa Ed. O Clarim, capítulo 66).

De qualquer forma, ao fazer o mudo falar, o Cristo simboliza a ação do Evangelho em nós, procurando nos libertar de tudo que nos impede de falar, de difundir o bem.

Temos cérebro, boca, tribuna, redes sociais; temos tantos veículos de comunicação! Falemos o bem, divulguemos o bem, com a seriedade que nos merece. Mas que esse falar seja acompanhado pelo agir, pelo "idioma do exemplo", como já foi dito. Mais importante que falar bem, que demonstrar eloquência, é trazer na consciência a certeza de que estamos nos esforçando para viver o que pregamos, pois é o que necessitamos, de fato.

Que nos inspirem as santas palavras de Paulo (Primeira Carta aos Coríntios, capítulo nove, versículo dezesseis): – "Contudo, quando prego o Evangelho, não posso me orgulhar, pois me é imposta a necessidade de pregar. Ai de mim se não pregar o Evangelho!".

CAPÍTULO 14

O ENDEMONINHADO CEGO E MUDO

Bem semelhante à cura que acabamos de ver, é a que consta do décimo segundo capítulo de Mateus, versículos vinte e dois a trinta e dois. Para esta, Marcos e Lucas também possuem registros, sendo oportuna a leitura comparativa de todos os relatos.

Algumas pessoas trouxeram, até Jesus, um endemoninhado cego e mudo. Ele o curou, de maneira que o homem passou a ver e falar.

Segundo Mateus, a multidão dizia: "Acaso não é este o filho de David?".

Alguns fariseus se queixavam, argumentando que o Mestre expelia os Espíritos por meio de Belzebu (algumas traduções aparece como Baal Zebub, possivelmente uma divindade cananeia).

Nesta acusação, Jesus resolve redarguir, mas não porque se irritou. Com calma e argumentos lógicos, de grande profundidade, tenta, uma vez mais, esclarecer aquelas inteligências endurecidas no erro:

– "Se Satanás expulsa Satanás, dividiu-se contra si mesmo. Como então permanecerá de pé o seu reino? E se eu expulso os demônios por Belzebu, por quem vossos filhos os expulsam?

O argumento é de uma lógica irretocável. Havia exorcistas ambulantes judeus ("vossos filhos") em Israel, naquela época ("Atos dos Apóstolos", capítulo dezenove, versículo treze). Mas eles não eram censurados por seu trabalho. Se Jesus expulsava por Belzebu, por meio de quem os exorcistas, irmãos de raça, o fariam, então?

Marcos acrescenta algumas curiosidades. Segundo ele, a multidão era tão grande e o acompanhava tão de perto, que ele e seus discípulos mal podiam se alimentar.

Interessante nota, não é mesmo?

Quantas vezes nos queixamos por ter que fazer algo além de nossas obrigações, de ter que esperar para fazer uma refeição, porque o trabalho nos exige uma dedicação maior etc. E somos discípulos de um Mestre, a quem queremos seguir, que mal tinha tempo de se alimentar...

Mais que isso, segundo Marcos, depois dessa cura, os próprios parentes de Jesus tinham intenção de detê-lo, pois diziam que ele estava fora de si. Talvez pelo inusitado movimento que sua ação provocava, pela multidão em seu encalço, que era incomum.

Veja, prezado leitor, quanta coisa o Mestre tinha que enfrentar: uma multidão que não lhe dava sequer oportunidade de se alimentar direito, um grupo insensível de doutores da lei, que se achavam privilegiados e não admitiam o Evangelho, vigiando cada passo dele e, como se não bastasse, os próprios parentes, querendo interditá-lo, sob acusação de que havia perdido o juízo.

Se nos ocorrem problemas em nossas atividades doutrinárias, consideremos o quanto o Mestre sofreu para implantar a Boa Nova e verificaremos que nosso fardo não é tão pesado assim. É até bem leve e suave.

Nessa cura, Emmanuel, pela psicografia de Chico

Xavier, no capítulo 146 de *Caminho, Verdade e Vida* (Ed. FEB), tem interessante reflexão a nos passar.

Segundo ele, a acusação que Jesus sofre de estar sendo auxiliado por Belzebu, de certa maneira, deve confortar o coração dos novos trabalhadores que, na seara do Evangelho, dedicam-se à nobre atividade de dialogar com as entidades invisíveis, nos chamados trabalhos de Desobsessão, tão importantes para toda casa espírita séria.

Infelizmente, apesar de mais de dois mil anos de história cristã, ainda existem os que vestem a "toga" farisaica, julgando, com acusações indébitas, os trabalhadores que se empenham, humilde e desinteressadamente, na tarefa sagrada de esclarecimento dos irmãos desencarnados.

Arremata o benfeitor espiritual:

"(...) O sectarismo religioso cognomina-os sequazes de Satanás, impondo-lhes torturas e humilhações. No entanto, as mesmas objurgatórias e recriminações foram atiradas ao Mestre Divino pelo sacerdócio organizado de seu tempo. Atendendo aos enfermos e obsidiados, entregues a destrutivas forças das sombras, recebeu Jesus o título de feiticeiro, filho de Belzebu. Isso constitui significativa recordação que, naturalmente, infundirá muito conforto aos discípulos novos".

Em outras palavras, devemos nos sentir muito felizes por sofrermos perseguição, por amor ao nosso Modelo e Guia. Tão longe estamos dele, de sua luz, de suas virtudes, mas já temos como partilhar dele a experiência dos que abraçam o dever da verdade, dos que já reconhecem que dar a vida pela causa do bem é um dos maiores privilégios que podemos almejar.

Além do mais, se fizeram isso ao "lenho verde", que deveremos esperar, nós outros, gravetos secos e frágeis?

Ainda dentro da temática da resposta do Cristo à acusação dos fariseus, cumpre fazer o registro da lição que Eliseu Rigonatti nos traz em seu *O Evangelho dos Humildes* (Ed. Pensamento), quando diz:

"A resposta de Jesus é uma lição de concórdia. Toda a obra em que não reine a concórdia entre seus executores, está destinada ao fracasso. Os espíritas deverão tomar essas palavras como uma advertência para que vivam em harmonia, a fim de que o Espiritismo não encontre tropeços em sua expansão".

Devemos, realmente, nos questionar com frequência. Como temos agido em nossa família, na sociedade, na empresa, na casa de oração? Somos dos que se esforçam para levar o trabalho adiante, nos sentindo parte de um todo maior, ou estamos demasiadamente voltados aos nossos interesses, prejudicando o andamento das coisas?

Nas modernas organizações, muito se fala da pessoa que tem o comportamento colaborativo. É o melhor profissional que uma instituição pode querer. Porque ele age com espírito de colaboração, sentindo-se parte integrante de um conjunto, para o qual dá o melhor de si.

Queremos abrir um parêntese para destacar que, na casa de oração que frequentamos, em Limeira, a qual carinhosamente chamamos de "Paula Victor", o trabalho é pautado por regimentos normativos, dentre os quais, o mais importante é o documento chamado "Norma para o Colaborador", básico para qualquer função ali dentro.

No item "Do comportamento que deve manter",

há um parágrafo que abre a relação de posturas esperadas do colaborador, que consideramos muito relevante, e que pedimos licença para reproduzir:

"Sendo a Casa Espírita um local de oração e refazimento, é necessário que se mantenha o ambiente em clima de paz, onde o respeito, a fraternidade e o amor se fundam, transmitindo calor humano e fortalecimento espiritual".

Eis a concórdia de que falava nosso querido Rigonatti. A casa dividida tende à ruína, como explicou Jesus. Mas, fundindo-se nela esses três elementos – o respeito, a fraternidade e o amor – sua estrutura se torna sólida, resiste aos vendavais e à ação do tempo. E, o mais importante: atrai o apoio da Espiritualidade Amiga, que nela encontra espaço para os delicados afazeres espirituais, a serviço do bem.

Retomando a narrativa evangélica, o Mestre ainda se dirigiria, mais um pouco, aos seus acusadores. Sempre, claro, com a intenção de despertar-lhes a consciência.

Era, de fato, a cura mais desafiadora. Curar os doentes do corpo era fácil, quase instantâneo. Difícil mesmo era com os doentes da alma. Infelizmente, o Cristo não teve êxito com muitos daqueles irmãos. Mas nunca desanimou ante o desafio.

Imperturbável, acrescentou em dado momento: "Como pode alguém entrar na casa de um valente e saquear os seus móveis, se antes não prender o valente? Então lhe saqueará a casa".

Podemos ir por dois caminhos para entender essa "parábola" do Mestre, e assim concluir nossa reflexão.

Para saquear a casa de um homem forte, um ladrão tem que prendê-lo, imobilizá-lo de alguma forma, trancá-lo em um cômodo etc. Só assim poderá saquear sua casa.

Jesus se serve desse exemplo para explicar aos fariseus que, na vitória do bem contra o mal, isto é, para vencer Belzebu (o valente), tinha que ser mais poderoso que ele, dominá-lo, como o ladrão que domina o dono da casa. E isto ele já estava conseguindo, com sucesso. Só os fariseus não queriam "enxergar" e "proclamar" isso. Eram os piores cegos e mudos, endemoninhados eles mesmos, por influências trevosas, adversárias da mensagem de amor trazida pelo Mestre.

O segundo caminho é o proposto por Rigonatti, acima citado, para quem "(...) é necessário que o discípulo exemplifique com atos, o que prega com as palavras". Atentemos para a propícia lição:

"Se não prendermos o mal, que como um valente campeia em nossa alma, como poderemos prender o mal que se alastra pelo mundo e arrebatar dele nossos irmãos menos evoluídos?

Sem o preparo individual, pelo estudo, pela disciplina, pela renovação íntima, pela prática do bem, faltar-nos-á, sempre, a "robustez" indispensável à vida. Reflitamos nisso.

CAPÍTULO 15

A FILHA DE UMA SIRO-FENÍCIA

Depois de deixar a região de Genesaré, onde realizara muitas curas, Jesus resolveu ir para as cidades de Tiro e de Sidon.

Mateus (capítulo quinze, versículos vinte e um a vinte e oito), anota que uma mulher, saída daquela região, clamava ao Mestre, dizendo:

— "Senhor, filho de David, tem misericórdia de mim, que minha filha está miseravelmente endemoninhada".

Esta é, seguramente, uma das mais difíceis passagens das curas nos Evangelhos. Porque não fala apenas da recuperação de uma criança enferma. Toca em questões mais graves, como o favoritismo religioso, por exemplo.

Sigamos a narrativa. Marcos apresenta a suplicante como grega, siro-fenícia de nação. No entanto, saúda Jesus com o título "filho de David", respeitosamente.

Segundo o texto evangélico, o Mestre não lhe teria respondido coisa alguma ao apelo. E seus discípulos, por sua vez, lhe imploravam:

— "Despede-a, pois vem gritando atrás de nós".

Jesus, então, teria dito:

— "Eu não fui enviado senão às ovelhas perdidas da casa de Israel".

Interessante, ele fala essa frase em solo *gentio*, isto é, longe da terra dos judeus. A região onde estavam era alcançada através de uma marcha a pé de, pelo menos, dois dias.

Ante a fala dura, a mulher pareceu não se intimidar. Adorava-o, insistindo: "Senhor, socorre-me!".

Vem uma segunda fala dele, ao que tudo indica, no mesmo tom da primeira:

— "Não é bom pegar no pão dos filhos e jogá-lo aos cachorrinhos".

Imaginemos o que deveria passar no coração daquela mulher. A filha gravemente doente, a sensação de mãos atadas, sem saber o que fazer. Recorre àquele mestre itinerante, mas enfrenta a rejeição de seus discípulos e sua aparente indiferença, justo dele, em quem depositava todas as suas últimas esperanças. Sendo mulher, numa sociedade tão machista, quão difícil não deve ter sido aquilo?

Mas o amor de mãe não conhece limites, vence qualquer barreira, por mais dificultosa. E, reunindo todos os valores de seu coração sensível, exclamou:

– "Sim, Senhor, mas também os cachorrinhos comem das migalhas que caem da mesa dos seus senhores".

Resposta incrível. Tocou o coração do Mestre e confirmou o que ele esperava dela: uma demonstração de fé comovedora. Foi o suficiente para lhe dizer:

– "Ó mulher, grande é a tua fé! Seja isso feito para contigo como tu desejas".

A corajosa mãe deve ter retornado ao seu lar, de coração palpitante. Marcos nos diz que encontrou sua filha deitada sobre a cama, já livre de seu mal (capítulo sete, versículos vinte e quatro a trinta).

Seu sacrifício valera a pena! Sua humildade, reconhecendo-se inferior aos judeus (como um cachorrinho), contrastava enormemente com o orgulhoso comportamento dos escribas e fariseus, que

Jesus havia enfrentado há pouco. Que linda lição havia dado!

Legou aos próprios discípulos do Cristo algo profundo: o amor de Deus não pode contemplar esse ou aquele indivíduo, essa ou aquela raça, essa ou aquela religião. É universal, e deve abarcar toda a obra da Sua criação.

O Mestre sabia dos valores notáveis daquela mulher grega, tão distante da tradição religiosa do seu povo, e fez questão de "desafiar" sua fé, a fim de expor para todos sua fibra moral, gravando para sempre, nas páginas do Evangelho, a presença da força feminina, capaz de tudo superar, por amor. Nos sentimos pequeninos ante essa grande personagem, autora de um dos diálogos mais cativantes do Evangelho, com ninguém menos que o próprio Cristo.

Duas obras da literatura espírita contribuem para ilustrar esse episódio: o livro *Primícias do Reino* (Ed. LEAL), de Amélia Rodrigues, psicografado por Divaldo P. Franco e *O Espírito do Cristianismo* (Casa Ed. O Clarim), de Cairbar Schutel.

Amélia Rodrigues nos conta que as migrações,

oriundas dos povos conquistadores que passaram pela região, fizeram com que o povo cananeu local mesclasse sua crença com os invasores. Proliferavam, portanto, cultos a diversas divindades. Quando Jesus e os doze circularam por Tiro e Sidon, devem ter notado os templos pagãos que por ali se espalhavam.

Para os apóstolos, deveria causar estranheza o interesse do Mestre em entrar naquelas paragens. Pode ser que, por essa razão, não deram muita atenção à estrangeira que pedia socorro, afinal, ela professava uma religião que eles deveriam censurar.

O Cristo, no entanto, tinha motivos para estar ali. Aquela viagem tinha suas razões. Contribuiria com lições valiosas para o Cristianismo nascente.

A autora espiritual conta que a desventura havia tomado todos os tesouros da mulher siro-fenícia: felicidade, esposo, amigos. Só lhe restava a filha, por cujo futuro lutaria sempre. E assim ela conquistou seu desejo, com extraordinário êxito.

A "calculada" indiferença de Jesus também atingiu seu propósito, constituindo-se em lição perene para os doze. E para nós!

"Ele anelava tocar o coração dos amigos que, todavia, não intercederam a favor da sofredora, hábito infeliz, aliás, que pareciam cultivar", finaliza Amélia Rodrigues.

De fato, os judeus, que ignoraram a mensagem de amor trazida pelo Cristo, haveriam de pagar o alto tributo pela rigidez de suas crenças. O amor era mensagem universal, a abranger todos os corações, independentemente da raça ou da crença, e a solicitude do Mestre pela estrangeira, exaltando sua fé perante seus conterrâneos, era a lição eloquente daquele dia, a ficar para sempre gravada em suas mentes.

Por sua vez, Cairbar Schutel, no capítulo 63 da obra citada, comenta que a insistência e a intuição da mulher grega, em procurar o Mestre, demonstram uma afinidade especial entre ambos.

Schutel defende que Jesus a tratou com aquela severidade, porque conhecia seu passado. Ela havia sido uma "ovelha perdida", em anterior encarnação. As palavras firmes do Mestre despertariam nela a intuição de o haver abandonado antes.

A fala "Não é bom pegar no pão dos filhos e

jogá-lo aos cachorrinhos" deve ter funcionado como um "golpe certeiro", que favoreceu o despertamento da humildade e a recordação inconsciente da falta cometida.

"Já não era somente a cura de sua filha que desejava; queria também, embora "como um cachorrinho", comer uma migalha daquele pão da Vida que Jesus estava distribuindo tão fartamente e com tanto amor, para os deserdados da sorte" – conclui.

Belíssimos comentários que nos fazem pensar em quanto ainda temos que aprender, com os encontros que Jesus tinha, "ao acaso", em suas peregrinações.

Com aquela cura a distância, o Mestre impactou inúmeros corações. Seu amor alcançou a criança enferma, o Espírito que a atormentava, sua mãe e todos os circunstantes, que muito aprenderam.

Um último apontamento podemos registrar, sobre a insistência daquela mãe. Ela não estava fazendo nada errado e "não se recordava de uma falta contra os Céus", segundo Amélia Rodrigues. Iria implorar não por ela, mas pela filha, gravemente perturbada por um Espírito infeliz. Confiaria nos poderes de Jesus, a quem chamou de "filho de David", porque certamente já ouvira falar de suas ações e guardava um secreto pressentimento de que ele não ficaria indiferente à sua dor. Não desanimaria, perseverando quanto fosse necessário.

Alguém afirmou certa vez: "Se tem algo que Deus não resiste, é à perseverança".

Emmanuel, em *Fonte Viva* (Ed. FEB), psicografia de nosso querido Chico Xavier, diz que essa virtude é "a base da vitória".

Há que se considerar, no entanto, que perseverança pode existir tanto para o bem, quanto para o mal. Neste último caso, pode ser muito perigosa.

Enfatizamos aqui a perseverança que permanece no bom caminho, que enche o coração de força e coragem para não desistir, para não esmorecer diante das lutas e desafios existenciais, para não desanimar quando as coisas não andam como se quer.

A Revista Espírita de dezembro de 1863 traz, entre as "Instruções dos Espíritos", um belo parágrafo, em mensagem assinada por Erasto, discípulo de Paulo, que aborda a virtude exemplificada pela mulher siro-fenícia:

"Coragem e perseverança, meus filhos! Pensai que Deus vos olha e vos julga. Lembrai-vos também que os vossos guias espirituais não vos abandonarão enquanto vos achardes no caminho certo".

Magnífica instrução, que estimula o cultivo da perseverança e a caminhar no cumprimento do reto dever, através do qual podemos ter certeza plena da assistência da Espiritualidade Amiga, que nunca nos abandonará, não importando os obstáculos que tenhamos que atravessar, seja para buscar a nossa melhora, ou de nossos amados.

CAPÍTULO 16

O ENDEMONINHADO EPILÉTICO

Logo após o episódio de sua transfiguração, que teria ocorrido sobre um monte, na presença de alguns discípulos, desceu Jesus e se dirigiu à multidão. Aproximou-se dele um homem e ajoelhou-se (Evangelho segundo Mateus, capítulo dezessete, versículos catorze a vinte e um).

– "Senhor, tem misericórdia de meu filho, porque é lunático e sofre muito; pois muitas vezes cai no fogo, e muitas vezes na água; Eu o trouxe aos teus discípulos e não puderam curá-lo".

Marcos (capítulo nove, versículos catorze a vinte e nove) afirma que o pai teria dito que seu filho era vítima de um Espírito mudo, que onde o subjugava, fazia-o convulsionar, espumar, rilhar os dentes e definhar. E que sentia ter perdido a fé: "Senhor, ajuda a minha incredulidade" (capítulo nove, versículo vinte e quatro).

Seu filho já devia ser um menino bem crescido,

porque ao ser indagado sobre há quanto tempo acontecia aquilo, disse: "desde a infância". Lucas acrescenta que se tratava de filho único (capítulo nove, versículos trinta e sete a quarenta e dois).

Jesus, olhando em redor, teria dito:

— "Até quando estarei eu convosco, e até quando vos sofrerei? Trazei-me ele aqui".

A frase pode ter sido direcionada aos discípulos (que não tiveram sucesso na cura), ao pai, pela incredulidade, ou à comunidade israelita local.

Repreendendo o Espírito que atormentava o menino, este gritava e se contorcia muito. Ao sair, deixou-o desfalecido, a ponto de as pessoas afirmarem que tinha morrido. Jesus, porém, agarrando sua mão, levantou-o e desde aquela hora ficou curado.

Segundo Manoel Philomeno de Miranda, na obra *Trilhas da Libertação* (Ed. FEB), psicografia de Divaldo P. Franco, por muito tempo se acreditou na influência da Lua, como desencadeadora das crises epilépticas, razão pela qual estes enfermos eram chamados de lunáticos.

Ainda, segundo ele, "a história da epilepsia é

longa e tem raízes profundas nas sutis engrenagens do Espírito", e, seu estudo, bem como dos seus efeitos, "necessita avançar no rumo das estruturas originais do ser humano, a fim de serem detectados os fatores desencadeantes verdadeiros".

Os discípulos, aproximando-se do Mestre, em particular, perguntavam por que eles não conseguiam curar o jovem. Ouviram, então:

– "Por causa da vossa incredulidade; porque em verdade vos digo que, se tiverdes fé como um grão de mostarda, direis a este monte: Passa daqui para acolá, e há de passar; e nada vos será impossível. Mas esta casta de demônios não se expulsa senão pela oração e pelo jejum".

"Transportar montes", naquele tempo, era uma figura de linguagem comum, usada pelas pessoas para dizer algo como "fazer o impossível".

Amélia Rodrigues, no capítulo 11 de *Primícias do Reino* (Ed. LEAL), psicografia de Divaldo P. Franco, é quem começa por nos trazer um pouco mais de luz, na relação entre o menino e seu algoz:

"(...) As raízes do ódio nefando se perdiam nas

sombras do passado, quando foram comensais da mesa farta da loucura e se enredaram em odienta cena de sangue... Agora a lei soberana, que jungia o criminoso não punido à justiça desrespeitada, manifestava-se sobranceira. O *parasita espiritual* se imanara ao sofredor e reproduzia nele os esgares epiléticos em que se consumia, vítima de si mesmo, escravo do ódio. Na volúpia da vingança, atirava-o de encontro ao solo, ateava-lhe fogo às vestes, tentava afogá-lo, subjugava-o".

Era mais uma, entre incontáveis histórias que, ontem como hoje, ligam corações no delicado e longo drama das obsessões, onde um se sente no direito de vingar-se do outro. Suas vidas estão tão entrelaçadas, em agressões de parte a parte, que muitas vezes é difícil saber quem foi o primeiro a desrespeitar o outro.

Experiências dolorosas arrastam-se no tempo e no espaço, aguardando a ação misericordiosa do amor, único meio de desfazer a triste sina dos que preferem ignorar que, acima de tudo, deve prevalecer a justiça de Deus.

"Só a oração do amor infatigável e o jejum das

paixões" – ensina Amélia Rodrigues, tem poder suficiente para minimizar essa dor, oferecendo novos rumos aos litigantes que, agora sob os cuidados dos trabalhadores espirituais, passam a reconstruir os próprios destinos.

Era esse amor que faltava aos discípulos, incapazes, por si mesmos, de curar aquela obsessão. No trabalho de esclarecimento dos irmãos infortunados, é preciso "amar em vez de detestar, desejar socorrer e não, simplesmente, expulsar".

No capítulo 6, segunda parte de *O Céu e o Inferno ou a Justiça Divina Segundo o Espiritismo,* de Allan Kardec, encontramos oportuno recado:

"Se vos quiserdes livrar das obsessões de semelhantes Espíritos, isso é fácil orando por eles: é o que sempre se negligencia de fazer. Prefere-se assustá-los com fórmulas de exorcismo que os divertem muito".

Embora o Mestre já devesse ter instruído seus apóstolos, insistiam em agir como antes. Provavelmente por essa razão, foi firme com eles: "Até quando estarei convosco?".

Nesta altura da convivência com o Cristo, já deveriam ter desenvolvido fé em si mesmos e confiança no apoio dos Bons Espíritos, que os assessoravam.

"Por causa da vossa incredulidade" – ensinou-lhes novamente, procurando convencê-los de que tal tarefa não pode ser levada a efeito, sem confiança no Alto.

Sabemos que carregamos inumeráveis imperfeições. Seria ideal que o próprio Mestre estivesse em nossos núcleos espíritas, falando, esclarecendo, atendendo, consolando... Mas ele não pode. Conta conosco, para sermos seus braços e suas mãos, sua voz e seu carinho. Embora muito distantes dele, se tivermos fé em sua proteção e amparo, muito podemos realizar.

No diálogo com os irmãos sofredores, enovelados em dramáticas perseguições espirituais, durante as reuniões mediúnicas, é fundamental termos essa confiança. Não dispomos de moral para apontar rumos aos outros, nem de longe. Mas a postura de quem ajuda, diante de quem agride, dá certa ascendência no momento do diálogo, que deve ser aproveitada para, num trabalho de amor e esclarecimento, ajudar o outro a rever seus objetivos, buscando um novo caminho.

Uma semente que possa ser plantada, até mesmo uma dúvida que se coloque no coração do irmão vingativo, que o leve a avaliar o que tem feito consigo mesmo, escravizando-se, enquanto julga escravizar, pode fazê-lo refletir, até que o tempo o ajude a convencer-se, por si mesmo, de que é vão o percurso de quem se afasta das leis divinas, que preveem apenas o bem de todos.

Era o que o Cristo esperava de seus discípulos. É o que continua esperando de cada um de nós: esclarecer, orientar, com bom senso e amor, e sem perder a fé.

Sobre isso, aliás, é profundo o símbolo do grão de mostarda. Uma semente quase invisível, mas que possui uma capacidade impressionante de "explodir", a ponto de se tornar um arbusto enorme.

Mateus parece ter colocado essa frase para censurar as curas que não tinham sucesso, justamente por falta de fé. Aquele que crê, pode realizar coisas impressionantes, desde que deixe sua confiança germinar, crescer. Mesmo que comece pequenina, como o grão de mostarda, com boa vontade e esforço, um dia essa confiança há de tornar-se esplendoroso arbusto, "transportando montes", isto é, realizando até o que "parece impossível".

Sobre isso, ensina-nos Cairbar Schutel (*O Espírito do Cristianismo,* Casa Ed. O Clarim, capítulo 60):

"(...) o impossível é termo sem significação, só pronunciado pelos ignorantes. Quantos impossíveis têm caído ante a ação constante da boa vontade e do esforço! Quantos impossíveis se tem apresentado aos nossos olhos como esfinge devoradora e vão por terra, de um momento para outro, à ordem imperiosa da prece que parte de um coração aflito e crente na misericórdia do Céu!".

Importa não esquecer, porém, que o grão de mostarda, que se esconde no solo, cresce e produz frutos, encerra outro símbolo: o da humildade e do serviço.

É por isso que o Mestre Divino se serve dessa semente microscópica.

"(...) o Benfeitor celeste toma a semente minúscula de mostarda, como a dizer-nos que, sem o reconhecimento de nossa própria pequenez à frente do eterno Amor e da eterna Sabedoria, não conseguiremos amealhar o tesouro do entendimento e da confiança que a fé consubstancia em si mesma" (Trecho de artigo psicografado por Chico Xavier, de autoria de Emmanuel, publicado na *Revista Reformador*, da Federação Espírita Brasileira, de agosto de 1957, página 192).

Para o mentor de nosso querido Chico, "nosso coração, no solo das experiências humanas", precisa copiar, do grão de mostarda, "o impulso de simplicidade e serviço". Só assim passaremos a refletir a sublime generosidade do Pai Criador. Só assim seremos capazes de realizar, no futuro, o que hoje nos parece, até mesmo, o impossível.

CAPÍTULO 17

O CEGO BARTIMEU

Tendo Jesus saído da cidade de Jericó, onde ensinara, seguia-o uma multidão.

Mateus informa que dois cegos, que estavam sentados à beira do caminho, ouvindo que o Mestre passava, clamaram (capítulo vinte, versículos vinte e nove a trinta e quatro):

— "Senhor, filho de David, tem misericórdia de nós!".

A multidão os repreendia, pedindo que se calassem. Eles, porém, clamavam cada vez mais: "Senhor, filho de David, tem misericórdia de nós!".

Jesus interrompeu a caminhada e os chamou, dizendo:

— "Que quereis que vos faça?".

— "Senhor, que os nossos olhos sejam abertos".

Movido de íntima compaixão, o Mestre tocou-lhes os olhos e logo eles estavam enxergando. Levantando, seguiram-no.

O episódio é muito parecido com o do capítulo nove, do mesmo evangelista, onde dois cegos imploram pela ajuda do Mestre. Naquela oportunidade, porém, não estavam sentados, mas seguiram-no até em casa. E, depois de curados, espalharam a notícia por toda a região. Estes aqui, depois de curados, passaram a segui-lo.

Marcos e Lucas, entretanto, divergem de Mateus. Para eles, não eram dois, mas um cego, apenas. Marcos chega a declinar seu nome: Bartimeu, filho de Timeu. Também estava sentado à beira do caminho, mendigando (capítulo dez, versículos quarenta e seis a cinquenta e dois).

A sequência do relato é muito parecida. Ele clamou por ajuda, a multidão o repreendeu, pedindo para se calar, e Jesus o chamou.

Ante o chamado, levantou-se. Marcos acrescenta um detalhe curioso: ele teria atirado de si sua própria capa (peça do vestuário, tipo de capuz, muitas vezes usado como cobertor por quem dormia ao relento). Jesus lhe indagou o que queria, e ele respondeu: "Que eu tenha vista". O Mestre lhe respondeu que sua fé lhe salvara. Depois disso, Bartimeu passou a enxergar e o seguia também.

Honório O. de Abreu, na obra *Luz Imperecível* (Ed. UEM), traz interessantes reflexões sobre esta cura.

A começar pelo fato de que, mesmo sem recursos materiais, mendigando ajuda, Bartimeu conquistou o mais importante: "(...) sua redenção com Jesus. Quantos têm sido felicitados com a adesão à nova vida, em razão de penetrarem nas faixas reencarnatórias (retorno à vida física) com lesões e deficiências a lhes favorecerem a caminhada?".

O que para uns parece um grande mal, como a cegueira, na verdade favorece o Espírito, no resgate de seus débitos passados.

Sobre isso, é válido recordar o ensino evangélico: "E se o teu olho te escandalizar, arranca-o, e atira-o para longe de ti. Melhor te é entrar na vida com um só olho, do que tendo dois olhos, seres lançado no fogo do inferno". A lição consta do capítulo dezoito de Mateus, e nos faz pensar em quantos "atiram o olho longe para entrar na vida". Renascem na condição de cegos, mas muito poderão avançar.

Esse pensamento pode causar estranheza a alguns, que podem achar o Espiritismo uma doutrina para masoquistas. Não é essa a proposta, evidentemente. Escolher provas como essa, para alguns, é uma conscientização, sem trocadilhos, com olhos no futuro. Principalmente para o Espírito no intervalo de suas encarnações. Sua lucidez aumenta, reconhece suas falhas, vislumbra aonde quer chegar (por ver Espíritos bem mais felizes que ele), e toma decisões, visando apressar o próprio adiantamento espiritual.

Afinal, somos viajantes da eternidade, apenas em ligeiro trânsito na carne, tentando nos desvencilhar de bagagens inúteis – "atirar longe a capa" – e nos aproximar mais das luzes do Evangelho, mudando nossa forma de encarar as coisas, melhorando nosso ponto de vista sobre a vida.

Kardec, nas singelas páginas de *O Evangelho Segundo o Espiritismo,* logo no capítulo dois, nos fala sobre isso, ao comentar o "ponto de vista". Acompanhemos expressivo trecho:

"A ideia clara e precisa que se faz da vida futura, dá uma fé inabalável no porvir. (...) ela muda completamente o ponto de vista sob o qual os homens encaram a vida terrestre. (...) alarga o pensamento e abre-lhe novos horizontes. Em lugar dessa visão estreita e mesquinha, que o concentra sobre a vida presente – e que faz do instante que se passa na

Terra o único e frágil eixo do futuro eterno – ele mostra que esta vida é só um anel no conjunto harmonioso e grandioso da obra do Criador".

Só um "anel", leitor querido, um pequeno elo, ligando as experiências que já foram e as que virão, até alcançarmos nosso inevitável destino: a vida eterna bem aventurada!

"Que eu tenha vista", foi o singelo pedido de Bartimeu. Nos ensina muito. Como lembra Honório Abreu, "(...) embora estivesse em carência, à cata de recursos exteriores, mendigando, diante d'Aquele que poderia libertá-lo, consegue suplicar o essencial. E esta súplica deveria ser também a nossa: que eu tenha vista, que eu enxergue, que eu compreenda... Realmente, conquistando a visão, adquirimos entendimento, discernimento. E quem é capaz de discernir, vê, em toda situação, os ângulos positivos e educativos, sabendo escolher o melhor em qualquer momento".

Antes dos conhecimentos novos, trazidos pelo Consolador Prometido, eu apreciava as coisas, quase todo o tempo, sob limitado ponto de vista. Tendo um parente ou amigo afetado por uma doença, por exemplo, orava a Deus para que ele (ou ela) alcançasse a cura, em breve tempo, a fim de continuar sua vida, sem aquele mal. Sofrendo espécie de miopia espiritual, encarava a doença (e a morte), como o pior que podia acontecer a um ser amado. Levei tempo para ver que isso nem sempre é verdadeiro.

Felizmente, a nova Revelação "abriu meus olhos", clareando o entendimento, neste ponto.

Em vez de orar a Deus, pedindo o afastamento imediato da enfermidade, hoje reflito que talvez seja ideal pedir que Ele inspire a paciência, ao ser querido, a fim de que ele não se revolte, durante a prova necessária, suportando-a resignadamente, enquanto persistir o seu tratamento.

É claro que é nosso dever buscar a cura – nosso instinto de conservação nos orienta nesse sentido. Como explica Kardec, "se Deus não quisesse que os sofrimentos corporais fossem amenizados, não teria colocado à nossa disposição recursos para a cura" (*O Evangelho Segundo o Espiritismo*, capítulo 28, item 77).

Todavia, enquanto não temos mérito para alcançá-la, é preciso desenvolver resignação para suportar as consequências, inerentes à nossa própria inferioridade.

Hoje, portanto, outra se tornou a maneira de orar pelos enfermos da família, ou de nosso círculo de amigos. Aprendi a me dirigir a Deus de forma diversa, me orientando pelos sábios ensinos da Codificação, como a notável "prece pelo doente", que consta no item 79 do capítulo 28 de *O Evangelho Segundo o Espiritismo*.

Assim como as demais preces deste capítulo, foi inspirada pelos Espíritos Superiores. É um modelo a ser seguido, não mecanicamente, como uma fórmula, mas com o coração, sentindo a sua beleza, mesmo porque ela encerra pontos fundamentais da Doutrina. Quem já se orientou por ela, orando por um enfermo, sabe do que estamos falando. Em apenas três parágrafos, nos orienta a dirigir o pensamento ao Pai Criador, mais ou menos nestes termos:

"Ó Deus, vossos desígnios são impenetráveis, e em vossa sabedoria julgastes necessário afligir (nome) com esta doença. Lançai, suplico-vos, um olhar de compaixão sobre seus sofrimentos, e consenti em pôr-lhes um termo.

Bons Espíritos, ministros do Todo-Poderoso, secundai, eu vos rogo, meu desejo de aliviá-lo; dirigi meu pensamento a fim de que se derrame como um bálsamo salutar sobre seu corpo, e consolação em sua alma.

Inspirai-lhe a paciência e a submissão à vontade de Deus; dai-lhe força de suportar suas dores com uma resignação cristã, a fim de que ele não perca o fruto dessa provação".

Belíssima oração, breve e objetiva, mas profunda. Dela devemos nos servir ao nos dirigir ao Alto, no momento de implorar por alguém em necessidade.

"Que eu tenha vista!" – clamou Bartimeu.

Que nós a tenhamos também! Diríamos mais: que possamos não "perder de vista" os objetivos existenciais, o aprimoramento intelecto-moral, progredir sempre, superando vícios e imperfeições, pois "a quem muito foi dado, muito será exigido".

Nunca será demais nos esforçarmos nesse sentido. É um meio de evitarmos a censura que o Mestre fez a alguns fariseus, naqueles dias (João, cap. 9, v. 39-41): "Eu vim a este mundo para um juízo, a fim de que os que não veem vejam, e os que veem sejam cegos. (...) Se fôsseis cegos, não teríeis pecado; mas como agora dizeis: Vemos; por isso vosso pecado permanece".

CAPÍTULO 18

O SURDO GAGO DA GALILEIA

Tornando a sair das partes de Tiro e Sidon, Jesus demandou o mar da Galileia, atravessando o território de Decápolis.

Trouxeram-lhe então um surdo, que falava com dificuldade. Rogavam que lhe impusesse as mãos.

Tirando-o à parte, de entre a multidão, pôs os dedos nos ouvidos dele; e, cuspindo, tocou-lhe na língua.

E, levantando os olhos ao céu, suspirou e disse: "Efatá"; isto é, "Abre-te".

E logo se abriram os ouvidos do rapaz, e a prisão da língua se desfez. Passou a falar perfeitamente.

Uma vez mais, pediu que não contassem o feito a ninguém. No entanto, quanto mais proibia, tanto mais o povo espalhava a notícia do que havia ocorrido.

É que as pessoas estavam muito admiradas. E diziam:

— "Tudo faz bem; faz ouvir os surdos e falar os mudos".

Esta cura é encontrada apenas nos registros do Evangelho de Marcos, capítulo sete, versículos trinta e um a trinta e sete.

Ela é alvo de outro belo comentário de Cairbar Schutel, no capítulo 67 de *O Espírito do Cristianismo* (Casa Ed. O Clarim).

Segundo nos explica o "Pai dos Pobres de Matão", as viagens de antigamente eram bem penosas. Gastava-se bastante tempo no percurso, sendo necessário que o viajante fizesse pausas, a fim de repousar e poder continuar a viagem.

A diferença é que o viajante, de quem estamos falando, é o Cristo. Naturalmente, por onde passava, deixava "o selo da sua Doutrina". Não só suas palavras, mas, principalmente, as obras que realizava o tornavam "respeitado e querido de todos".

É digna de nota a exclamação do povo: "Tudo faz bem...". Pura verdade!

Por isso seguiam-no constantemente. Mobilizavam-se para ouvi-lo e vê-lo. Tomando conhecimento de que ele chegava em determinada cidade, logo a notícia se espalhava e acorriam para ir ter com ele.

Neste episódio específico, parentes ou amigos do surdo e gago o conduziram, na esperança de que o Mestre o curasse.

Certamente, não seria problema para ele ajudar aquele enfermo. O interessante, neste caso, é que não quer fazer isso na presença "de mil olhos curiosos".

Por quê?

Cairbar esclarece:

"Era um caso que requeria certa homogeneidade de ideias, certas vibrações simpáticas, e que só alguns podiam presenciar, sem estorvar a ação magnética que Ele tinha de empregar e, quem sabe, também a ação espírita que Ele teria de fazer intervir para que a língua do gago se despregasse".

Entre as causas, poderia ser uma película carnal que prendia sua língua, um desequilíbrio de vitalidade ou, até mesmo, influência de um Espírito maligno ou zombeteiro, que agia sobre o moço, na intenção de se divertir com sua gagueira.

Embora tenha levantado essa última hipótese, Schutel não parece concordar com ela, afinal, não se vê o Mestre expelindo algum Espírito. Pelo contrário, sua ação é mais no enfermo, colocando um pouco de saliva na língua dele. Isso parece demonstrar que a gagueira que o afetava estava localizada na língua. "(...) não era um efeito de lesão da espinha, do cérebro ou de algum órgão mestre que tivesse influência sobre a língua. E tanto é assim que só com a aplicação direta no órgão relutante o doente se restabeleceu".

Quanto à surdez, podia ser que a paralisação funcional do nervo auditivo funcionasse como a principal causa. Não parece haver presença espiritual, também nesse caso.

E assim, Schutel vai fechando seu comentário:

"Jesus, de olhos erguidos para o céu, sorveu o fluido da vida que deveria ativar a circulação nos membros adormecidos e vacilantes do enfermo e, com aquela convicção inalterável da cura do doente, disse: *Efatá!* E o homem recuperou os dois sentidos que contava perdidos".

Em Doutrina Espírita, não podemos admitir generalizações. Não é porque alguém nasce com dificuldade de ouvir e falar que isso signifique, em todos os casos, que abusou do verbo, por exemplo, em encarnação anterior.

— "Nasceu gago para reparar a língua ferina de outra vida!" – afirmam, levianamente, os insensíveis de plantão.

Não é incomum esse tipo de "julgamento", inclusive em nosso meio. No entanto, quem de nós é suficientemente livre de tropeços para apontar o dedo a quem quer que seja?

Interessante, o Mestre delicadamente "retira o surdo e gago à parte, de entre a multidão".

A lição é preciosa. Os problemas "cármicos" de cada qual são assuntos que não competem à multidão apreciar, senão àqueles que tenham condições de auxiliar, benevolamente, no socorro a quem sofre.

Quanto aos demais, se fossem afetados em sua "facilidade de falar ou ouvir", talvez evitassem o futuro peso na consciência, pelo descuido com a própria língua, ou por querer "ouvir demais". Todo enfermo, independentemente daquilo que sofre, é um coração credor de compaixão e carinho, dentro do princípio evangélico do "fazer ao outro o que gostaríamos que o outro nos fizesse".

De qualquer forma, oportuno recado nos é trazido por Emmanuel, no capítulo "Desligamento do mal", do livro *Justiça Divina* (Ed. FEB), psicografado por Francisco C. Xavier.

Ensina-nos o querido benfeitor que, antes de renascermos, fazemos balanço de nossas responsabilidades. E a mente que consegue "acordar" perante a Lei, além de se ver defrontada pelos resultados dos próprios deslizes, delibera, quando é o caso, libertar-se de influências infelizes, que possam colocar a perder o esforço do reerguimento.

É assim que, por exemplo, irmãos que abusaram da confiança do povo, patrocinando guerras e desordem, "escolhem o próprio encarceramento na idiotia", a fim de passarem despercebidos pelos antigos comparsas.

É a justiça divina, funcionando com misericórdia, retirando o infeliz "à parte, de entre a multidão", de quem o possa prejudicar, agora que se encontra sinceramente arrependido, ansioso em refazer sua história, reconstruir tudo de novo, recomeçar...

É por essa razão que, em alguns casos (e que isso fique bem claro!), irmãos que renascem com impedimentos no campo da audição ou da fala, podem ser, segundo Emmanuel, ardilosos caluniadores do passado, "empeçonhados pela malícia" e que "pedem o martírio silencioso", enfrentando tais empecilhos, desligando-se assim, "dos especuladores do crime, a cujo magnetismo degradante se rendiam, inconscientes".

E conclui, com sua clareza de sempre, nos deixando consoladora instrução:

"Se alguma enfermidade irreversível te assinala a veste física, não percas a paciência e aguarda o futuro. E se trazes alguém contigo, portando essa ou aquela inibição, ajuda esse alguém a aceitar semelhante dificuldade, como sendo a luz de uma benção. Para todos nós, que temos errado infinitamente, no caminho longo dos séculos, chega sempre um minuto em que suspiramos, ansiosos, pela mudança de vida, fatigados de nossas próprias obsessões".

Se a enfermidade não nos atinge, a nós mesmos, sempre haverá alguém em nosso círculo doméstico, familiar ou social, a sofrer semelhante dificuldade. Modernos aprendizes do Evangelho, já sabemos que o nosso papel é procurar, sempre, reerguer o ânimo, estimular a paciência e a aceitação, orientar no sentido da compreensão das Leis divinas, justas e misericordiosas.

Depois de curar o moço, Jesus, como sempre fazia, ordenava às pessoas que não difundissem seus feitos. Desejava, como já dissemos, que se voltassem para a parte moral e não fenomenológica de suas obras.

Mas a multidão não se cabia de admiração, como é natural. Neste episódio, Marcos registrou expressiva fala de um anônimo, que cumpre repetir, uma vez mais:

– "Tudo faz bem; faz ouvir os surdos e falar os mudos".

De fato, leitor querido, tudo que Jesus fazia, fazia bem. Melhor dizendo, só fazia o bem. Nada no Mestre o faz divergir do constante cumprimento da vontade do Pai. E é isso que o torna nosso modelo incomparável, o guia supremo de nossos esforços, o orientador permanente de nossas ações.

Na dúvida sobre o que falar, o que dizer, o que pensar ou como agir, em qualquer situação da vida, ei-lo a representar a escolha certeira, o caminho seguro.

CAPÍTULO 19

O CEGO EM BETSAIDA

Deixando a região de Dalmanuta, de barco, partiu Jesus para o outro lado do lago, rumo a Betsaida.

"Betsaida foi uma das cidades da Palestina em que Jesus operou os maiores e mais numerosos prodígios, e cuja população foi a mais endurecida e obstinada em não seguir os ditames do Mestre. Parecia uma gente que se limitava a observar 'milagres' e a pedir prodígios" – explica-nos Cairbar Schutel, no capítulo 62 de *O Espírito do Cristianismo* (Casa Ed. O Clarim).

Diz o texto de Marcos (capítulo oito, versículos vinte e dois a vinte e seis), que ao chegarem em Betsaida, trouxeram-lhe um cego, e rogavam a Jesus que o tocasse.

Tomando-o pela mão, levou-o para fora da aldeia; e cuspindo-lhe nos olhos, impôs-lhe as mãos, perguntando se via alguma coisa.

Levantando ele os olhos, disse:

– "Vejo os homens; os vejo como árvores que andam".

Depois disto, tornou a pôr as mãos sobre seus olhos, e o fez olhar para cima: e ele ficou restaurado, e viu a todos claramente.

Depois, mandou-o para casa, dizendo: "Nem entres na aldeia, nem o digas a ninguém na aldeia".

No item 13, capítulo 15, de *A Gênese – os Milagres e as Predições Segundo o Espiritismo,* Kardec comenta essa cura. Ali, notamos que o "efeito magnético" foi evidente. Não foi uma cura instantânea, mas gradual e em consequência de ação firme e reiterada, embora, como assinala, "mais rápida do que na magnetização comum".

A confusão inicial do cego, enxergando "homens como árvores" é similar à que sentem os que recobram gradualmente a visão: "por um efeito de óptica, os objetos parecem de um tamanho desmesurado".

Ciente do estado confuso em que ficaria o cego, pela delicadeza da ação magnética que seria necessária, o Mestre deliberou retirá-lo da aldeia, afastando-o dos curiosos e do tumulto provocado pela agitação das pessoas ali reunidas.

Aliás, como dito no início, a curiosidade, a busca constante por milagres, pareciam ser características da população local. E isto, certamente, seria prejudicial.

Fora da aldeia – esclarece Schutel – "o Divino Médico, tirando dos seus próprios lábios o remédio que deveria vitalizar as células componentes do aparelho óptico, aplicou-o aos olhos do cego, impôs depois sobre ele suas puríssimas mãos portadoras do veículo magnético do Amor", e a cura se deu.

Já comentamos que o fluido espiritual, condensado em nosso perispírito, possui qualidades terapêuticas. E que tais qualidades podem ser transferidas, através do pensamento e da vontade, a alguém que esteja sofrendo. Jesus, que possuía fluidos espirituais na sua condição mais pura, mais límpida possível, transferiu ao cego parte desse recurso salutar, restituindo-lhe a visão.

Mas é no âmbito espiritual que essa cura enriquece nosso entendimento, ao tocar numa delicada transição: a da materialidade para a espiritualidade.

A posse da verdade que esclarece, que liberta, leva certo tempo para se instalar.

"É como um edifício, que não pode ser retirado de momento do lugar que ocupa, e ser substituído por outro edifício novo de mais fortaleza e estética. Tem de ser derribado, e os escombros removidos, para que ao novo edifício seja dado um alicerce adequado e sólido. E enquanto se efetua esse trabalho de transformação, há uma certa confusão de cal, areia, cimento, pedras, tijolos, telhas, madeira, ferro, sem que o arquiteto possa colocar, combinar tudo em seus lugares. Só depois de todo o trabalho, que demora algum tempo, é que o novo edifício aparece, segundo o plano traçado anteriormente" – finaliza, Schutel, nesta esclarecedora comparação.

Assim, não devemos nos assustar se, às vezes, as coisas parecem não fazer sentido, parecendo confusas, como "árvores que andam".

Ainda estamos despertando, saindo de uma caverna escura, de séculos de egoísmo, orgulho e vaidade. Vai levar um tempo para nos adaptarmos aos raios luminosos da Boa Nova.

Para tanto, é importante reconsiderar a nossa

visão de mundo, dando às coisas materiais a sua devida importância, dentro de sua duração passageira, ao mesmo tempo em que vamos nos aclimatando à nossa verdadeira destinação: a vida eterna e real, a vida do Espírito.

Atentemos para dois pedidos do Mestre ao cego de Betsaida: olhar para cima e não entrar de volta na aldeia.

Que interessante! "Olhar para cima", buscar as coisas do Alto, sintonizar-se com o que é eterno e duradouro, conectar-se com Deus.

O apóstolo Paulo, em carta enviada aos cristãos denominados "colossenses", conforme o livro de mesmo nome, em seu capítulo terceiro, estimula essa procura.

Acompanhemos o fragmento que abre o citado capítulo dessa epístola:

"Se vocês foram ressuscitados com Cristo, procurem as coisas do alto, onde Cristo está sentado à direita de Deus. Pensem nas coisas do alto, e não nas coisas da Terra".

De fato, precisamos nos acostumar mais com nossa realidade eterna. Não fomos programados apenas para a vida terrena. Ela é um estágio educativo, pelo qual vamos despertando para a Vida Maior. Nossa vida verdadeira é a espiritual, para a qual precisamos ir nos adaptando. Pensar mais nela e menos nas "coisas da Terra", para que a "claridade", que nos espera, não nos ofusque.

A ação reiterada de Jesus, na cura do cego, impondo-lhe as mãos duas vezes, simboliza, ainda, a sabedoria da forma como ele apresentou a revelação do Evangelho à humanidade. Primeiro, conformou seu ensino ao estado dos homens de sua época, acreditando que "não devia transmitir-lhes a luz absoluta, que os deslumbraria sem esclarecê-los, pois não a compreenderiam" (*O Evangelho Segundo o Espiritismo,* capítulo 2, item 3).

Só depois, num segundo momento, quando os seres humanos estivessem mais maduros para compreender a verdade, enviaria "as virtudes dos céus, como um imenso exército que se movimenta ao receber a ordem de comando", a fim de "iluminar o caminho e **abrir os olhos aos cegos** (grifo nosso)" (Prefácio de *O Evangelho Segundo o Espiritismo,* instrução do Espírito de Verdade).

Foi assim, uma ação reiterada, gradual, em dois momentos, como na cura em Betsaida, que hoje nos faz ver com mais clareza, esclarecendo sem deslumbrar.

Por fim, vem o ensino "não entrar de volta na aldeia", isto é, não retomar as antigas tendências, ir aos poucos abandonando os velhos hábitos, renunciando àquilo que antes dava tanto prazer, mas que não combina mais com os novos propósitos, elegidos para uma vida mais plena e feliz.

Neste aspecto, é válido todo esforço para ir superando a influência do "imediatismo", estado que Manoel P. de Miranda classifica como aquilo que restou "da natureza animal, possuidora e egoísta" (*Loucura e Obsessão*, Ed. FEB, psicografia de Divaldo P. Franco, capítulo 25).

São essas sobras de nosso primitivismo que respondem pela ação precipitada, a reação mal calculada, que quase sempre acaba retornando, na forma de reparação necessária, hoje ou amanhã. Até que sejamos capazes de discernir, com mais sabedoria, o que é efetivamente útil daquilo que não é.

A vida espera, de cada um de nós, a necessária

cota de renúncia, com a qual será possível abandonar a velha "aldeia" da desilusão, empreendendo, dessa maneira, marcha segura e firme, com os olhos postos no amanhã, sem medo, porque quem cultiva ternura, amor, perdão, identifica-se com o Mestre e dele recebe o influxo restaurador, para enfrentar qualquer dificuldade.

Orienta-nos Emmanuel, neste sentido, a não nos iludirmos com a mera faculdade de enxergar, com as luzes do Evangelho. É preciso adotar-lhe o roteiro e seguir em frente.

"É óbvio que o mundo inteiro reclama visão com o Cristo, mas não basta ver, simplesmente; os que se circunscrevem ao ato de enxergar podem ser bons narradores, excelentes estatísticos, entretanto, para ver e glorificar o Senhor é indispensável marchar nas pegadas do Cristo, escalando, com Ele, a montanha do trabalho e do testemunho" (*Vinha de Luz,* Ed. FEB, psicografia de Francisco C. Xavier, capítulo 34).

Uma coisa é receber a "visão com Cristo"; bem outra, de fato, é caminhar com os olhos postos nele, adotando-lhe o sublime roteiro...

CAPÍTULO 20

O FILHO DA VIÚVA DE NAIM

Segundo o Evangelho de Lucas, capítulo sete, versículos onze a dezessete, logo após a cura do servo do centurião, em Cafarnaum, resolveu Jesus partir para Naim, cidade da Galileia meridional.

Acompanhavam-no muitos discípulos e uma multidão.

Nas portas da cidade, um cortejo levava um "defunto", filho único de uma viúva, e muitos moradores da cidade seguiam junto.

Vendo aquela mãe desolada, Jesus moveu-se de compaixão por ela, e exclamou:

– "Não chores".

De fato, a cena deveria inspirar profunda compaixão. A dor dela deveria ser muito grande. Tendo se despedido do marido, desencarnado há poucos anos, agora sentia dor mais intensa – a separação do filho único, tudo que lhe restara, a esperança do seu futuro, agora tão incerto.

Só quem atravessou a experiência da desencarnação de um filho pode dizer o que isso representa. A sensação inicial de vazio, de impotência, de uma desolação sem limites, de que perda alguma no mundo pode ser maior. O desejo inútil de fazer o tempo voltar, de remediar a situação que tirou o filho amado do convívio diário, produz um abatimento que só a ação do tempo pode ajudar.

Mas é necessário seguir em frente. E a revelação dos Espíritos Superiores muito nos auxilia nisso.

Aprendemos que a morte no período da infância ou da adolescência, pode representar, para o Espírito que animava aquele ou aquela jovem, o complemento de uma existência interrompida anteriormente, antes do momento em que deveria terminar. Não raro, constitui uma prova ou expiação para seus pais, que precisam dessa experiência, e que desperta valores adormecidos em seus corações.

São laços sagrados que se interrompem, por um breve período de tempo, para uma união futura ainda mais feliz. Muitos desses filhos, tão logo se habilitem e se equilibrem, na nova vida, obtêm permissão de Deus para velar ativamente os lares de seus pais.

Conhecemos o caso emocionante de um casal

que, depois de ter sepultado o filho único, sentiu o apelo para engajamento em trabalhos voluntários. Fundaram, juntos, uma instituição beneficente. Com o tempo, o filho, do mundo espiritual, passou a assistir o funcionamento das atividades, cooperando ativamente para o andamento daquela casa fraterna. Estavam separados pelo corpo, mas permaneciam unidos pelo coração, agora, ainda mais.

Sim, a morte destrói só o que é perecível. O que pertence ao Espírito, o sentimento, o afeto, o amor, tudo isso fica. Como ensina Léon Denis, em *Depois da Morte* (Ed. FEB), capítulo 13:

"(...) A morte mais não é que uma transformação necessária e uma renovação, pois nada perece realmente (...)".

Perdemos objetos, títulos, posses materiais. Pessoas, nós amamos. E seguem nos amando e se interessando por nós, até que a vida nos conceda, de novo, o majestoso e indescritível reencontro.

Voltemos à cena evangélica. Aproximando-se ainda mais do cortejo, Jesus tocou o esquife. Os que o levavam, pararam. Então, disse:

— "Jovem, a ti te digo: Levanta-te".

O rapaz levantou-se, sentou e começou a falar.

Jesus o entregou para sua mãe. Lucas escreve que todos ficaram atemorizados com aquilo, glorificavam a Deus e diziam, uns para os outros, que um grande profeta havia se levantado entre eles e que Deus havia visitado seu povo.

O episódio fez com que a fama do Mestre corresse toda a Judeia e por toda terra circunvizinha.

No capítulo nove, em que olhamos para a cura da filha de Jairo, reproduzimos o comentário de Kardec acerca das "ressurreições" que, em verdade, eram curas, que reanimavam sentidos entorpecidos, chamando para o corpo o Espírito prestes a deixá-lo.

É bom que se diga: Jesus, que em tudo foi obediente às Leis Divinas, não traria à vida física alguém que já tivesse retornado à Pátria Espiritual, pois isso seria contrariar o que a Espiritualidade Maior havia deliberado, como sendo o melhor para a pessoa falecida, e todo o trabalho necessário para promover o seu desprendimento do corpo.

A respeito disso, é bom recordar o penúltimo capítulo da obra *Os Mensageiros* (Ed. FEB), de André Luiz, psicografada por Francisco C. Xavier. Ali, conhecemos o processo da desencarnação do personagem Fernando, um cavalheiro de sessenta anos presumíveis, acometido de leucemia, e que havia muitos dias se encontrava em coma.

Ele necessitou de um grande auxílio magnético da Espiritualidade Amiga para conseguir o desprendimento.

Conta-nos André Luiz que, dirigindo-se à equipe espiritual presente no hospital, a mãe de Fernando, já desencarnada, rogava, aflita, ao instrutor espiritual do grupo:

– "Por favor, nobre amigo, ajude-nos a retirar meu pobre filho do corpo esgotado".

É que os familiares encarnados, ali presentes, dificultavam a ação dos amigos espirituais, porque emitiam recursos magnéticos em benefício do moribundo.

Foi preciso, então, o benfeitor Aniceto aplicar-lhe passes, por alguns minutos, esforçando-se para modificar o quadro do coma, até que o médico terreno percebesse que a pulsação havia retornado à normalidade, com impressionante melhora da respiração, inclusive.

Percebendo que a situação de Fernando adquirira uma condição de tranquilidade favorável, alguns parentes resolveram deixá-lo aos cuidados da equipe médica, procurando o repouso dos seus lares, satisfeitos e comovidos.

Sua melhora súbita tranquilizara a todos. E, aos poucos, os fios cinzentos (que ligavam os parentes ao enfermo) "desapareceram sem deixar vestígios". Ficaram no quarto somente o médico e um irmão do agonizante. Passada cerca de meia hora e percebendo a recuperação de Fernando, iniciaram animada conversa, sobre problemas rotineiros do mundo.

Foi só a partir desse momento, aproveitando a serenidade do ambiente, que Aniceto iniciou o desligamento do corpo espiritual do doente, "desligando-o dos despojos", iniciando "pelos calcanhares, terminando na cabeça, à qual, por fim, parecia estar preso o moribundo (...)".

Percebemos, assim, o grande trabalho dos técnicos espirituais no processo da desencarnação de uma pessoa. Jesus, conhecendo isso com propriedade, jamais interferiria no sentido oposto.

Ocorre que o jovem filho da viúva, assim como

a filha de Jairo, não estava em processo de desligamento pela morte. Era um caso de morte aparente. Devia ter sido vítima de um ataque de catalepsia, muito comum naquele tempo. Por essa razão, pôde o Mestre contribuir, aliviando a dor da pobre mulher e de seus familiares e amigos.

"Um indivíduo qualquer caía, fosse com ataque que desse aparência de morte, fosse de fato morto, daí a três ou quatro horas era sepultado" – explica-nos Cairbar Schutel, no capítulo 68 de *O Espírito do Cristianismo* (Casa Ed. O Clarim).

Jesus salvou o rapaz do sepultamento indevido, com a sua poderosa – e amorosa – ação magnética. Neutralizou a "morte" com seus eflúvios vivificadores, como explica Schutel, e pela sugestão verbal, fez com que o moço tomasse, novamente, posse de seu corpo.

Ante a cura inusitada, exclamava a multidão: "Deus visitou nosso povo".

"De fato, Deus revela-se ao homem pelo homem. Quando o homem atinge os cimos da Espiritualidade e tece a sua túnica com os fios de prata que a luz do Amor oferece; quando o homem chega a se constituir, como fez Jesus, no grande profeta do Amor, de fato, Deus está nele, visitando o seu povo. E a notícia dos seus feitos não pode deixar de ser divulgada, para que os homens, em vendo suas obras, glorifiquem o Supremo Senhor de todas as coisas" – arremata nosso venerado Schutel.

Jesus é a grande visita de Deus à humanidade.

Entre as coisas que nos encantam, em sua personalidade incomum, é que ele não conseguia observar alguém sofrendo, sem sentir compaixão.

"(...) E, vendo-a, o Senhor moveu-se de íntima compaixão por ela (...)" – diz o texto de Lucas (capítulo sete, versículo treze).

Mover-se de compaixão indica o movimento que se passava em sua alma, tão repleta de amor pelas dores humanas. Esse movimento o impelia a agir, instantaneamente, sem demora, fosse dia proibido para isso ou não, oferecesse a multidão obstáculos ou não.

Lá estava ele, pronto e sem cerimônias, aproximando o seu coração daqueles outros que, sofridos, nele encontravam a ventura de poder ter suas vidas modificadas para sempre, apenas com um toque, um olhar, uma fala, uma gota de seus lábios, uma imposição simples de suas diviníssimas mãos...

CAPÍTULO 21

A MULHER ENCURVADA

Em mais um sábado, estava Jesus ensinando em uma sinagoga (Evangelho Segundo Lucas, capítulo treze, versículos dez a dezessete).

Havia ali uma mulher que, há dezoito anos, andava encurvada, não conseguindo endireitar-se completamente. Acreditava-se que era subjugada por um Espírito.

O Mestre, sempre de olhos atentos, a chamou e disse:

— "Mulher, estais livre da vossa enfermidade".

Impôs-lhe as mãos e ela, imediatamente, se endireitou. E glorificava a Deus.

O chefe da sinagoga, no entanto, ficou indignado, porque era proibido curar aos sábados.

Olhando para o público presente, exclamou:

— "Há seis dias nos quais é necessário trabalhar. Vinde, portanto, nestes dias, para serdes curados, e não no dia de sábado".

Respondeu-lhe Jesus:

— "Hipócritas, cada um de vocês, no sábado, não solta do curral seu boi ou jumento, levando-o para beber água? Esta, sendo filha de Abraão, a quem Satanás amarrou durante dezoito anos, não deveria ser solta dessa amarra no dia de sábado?"

Depois de dizer essas coisas, todos os seus adversários ficaram envergonhados. Em contrapartida, a multidão se alegrava com todas as coisas gloriosas que ele fazia.

Kardec, ao comentar essa passagem, usa apenas um ligeiro parágrafo, no item 20 do capítulo 15 de *A Gênese* — *os Milagres e as Predições Segundo o Espiritismo*.

Naquela época, as enfermidades eram atribuídas ao demônio. Os enfermos não eram classificados como tal. Simplesmente, se dizia que estavam possuídos por um "espírito de enfermidade".

Atualmente, esclarece o Codificador, ocorre um fenômeno inverso. Muitos dos que não creem nos Espíritos, confundem as obsessões com enfermidades patológicas.

Isto é, há casos concretos de perseguição espiritual, em número maior do que se pensa. Todavia, a influência das ideias materialistas, a negação da existência do mundo espiritual – e de sua interferência permanente na vida dos seres humanos – faz com que muitos sequer cogitem desse fenômeno, que só uma assistência espiritual séria tem condições de solucionar.

Aprendemos, com a revelação dos Espíritos Superiores, que a influência oculta dos desencarnados sobre nossos pensamentos e ações é muito maior do que supomos.

Em nossos pensamentos, com frequência, mesclam-se os pensamentos dos Espíritos.

Com exceção do que ocorre na prática mediúnica, não é útil que fiquemos tentando distinguir o que é nosso e o que não é. Dessa forma, nossa ação é mais livre. Se decidimos pelo bom caminho, o faremos mais deliberadamente. Se optarmos pelo mau, seremos mais responsáveis por isso.

Para aquele que procura ficar aberto às boas inspirações, pelos pensamentos que cultiva, os impulsos que recebe da Espiritualidade serão sempre melhores. Estaremos aptos a saber se os pensamentos que nos sugerem são bons, pela qualidade daquilo que pensamos, já que os Bons Espíritos somente nos aconselham o bem. Os imperfeitos nos induzem ao mal para nos fazer sofrer, como eles sofrem.

Mas, por que permite Deus essa incitação ao mal?

A resposta foi dada pelos Espíritos Superiores na questão 466 de *O Livro dos Espíritos:* para "(...) experimentar a fé e a constância dos homens no bem. Sendo Espírito, deves progredir na ciência do infinito. É com essa finalidade que passas pelas provas do mal, para alcançar o bem".

É importante refletir sobre a resposta dos Bons Espíritos para esta questão.

Segundo nos ensinam, eles têm a missão de nos colocar no bom caminho. Quando sofremos más influências, é porque nós mesmos as atraímos, pelo desejo do mal.

"Os Espíritos inferiores vêm ajudar-te no mal quando tens a vontade de cometê-lo" – resumem.

Daí a importância de não nos "curvarmos" ao

peso de nossas paixões, mas "endireitarmos" a nossa conduta.

Se tivermos suficiente vontade para repelir maus pensamentos, Espíritos que tinham afinidade conosco renunciarão a novas tentativas, por não terem mais o que fazer. Não obstante, é bom que saibamos disso: espreitarão sempre os momentos favoráveis, "como o gato espreita o rato" (*O Livro dos Espíritos*, questão 468).

Quando experimentamos sentimentos de angústia, de ansiedade, de melancolia, é bem possível que seja efeito dessas influências, se insistimos em cultivar tais pensamentos.

No entanto, é muito tênue a definição do ponto onde estão os nossos desajustes emocionais e onde começam as influências espirituais.

Divaldo P. Franco, em obra organizada por Cláudia Saegusa, intitulada *Divaldo Franco responde* (Intelítera Editora), explica:

"O claro e o escuro entre uma problemática de ordem psicológica, psiquiátrica e uma obsessão é muito sutil, não havendo uma fronteira bem delineada que possa estabelecer onde começa o fenômeno obsessivo ou tem início o psicológico ou o psiquiátrico. (...) Numa análise superficial, irá identificar-se o fenômeno como sendo exclusivamente de natureza acadêmica, embora sua origem de natureza espiritual, e, prolongando-se, transforma-se também num distúrbio orgânico, quando então teremos uma obsessão com efeitos fisiológicos danosos. Noutras vezes, o fenômeno é fisiológico, e, prolongando-se atinge determinado nível no qual os Espíritos perturbadores ampliam ou pioram o quadro (...)".

E conclui:

"(...) por isso, a terapêutica deve firmar-se dentro dos cânones acadêmicos e simultaneamente às propostas espíritas, para tornar saudável o Espírito reencarnado e, por extensão, afastar as Entidades perniciosas, através da psicoterapia que denominamos doutrinação".

Vemos, por aí, a importância de procurarmos ajuda médica e profissional, simultaneamente ao cultivo de bons pensamentos, da prece sincera, da leitura de bons livros, da frequência a uma casa de oração de confiança, conjugando, assim, todos os nossos esforços para a situação não se agravar com o passar dos anos.

No caso da passagem evangélica que estamos vendo, a situação da mulher se prolongou por dezoito anos, causando-lhe profundos sofrimentos. Deveria ser muito difícil se dirigir às pessoas, sem poder olhar direito para cima. Devia ter severas dores nas costas, dificuldade para fazer os serviços domésticos, enfim.

Sofreu muito, por longos anos, até procurar ajuda. Felizmente, recorrendo ao concurso do Mestre, conseguiu libertar-se do seu mal.

"Curvados" ao peso dos variados transtornos, aos quais estamos sujeitos, não devemos deixar a situação se prolongar por tanto tempo. Quanto antes, devemos buscar ajuda profissional e nos ampararmos na assistência de uma boa casa de oração.

Às vezes, pode ser que a enfermidade se instale em nosso lar, em algum de nossos familiares. É nosso dever também assisti-lo sem demora, pois é, como já foi dito, o primeiro necessitado de nossa caridade.

Muitos lares têm, hoje, indivíduos arqueados

ao peso de transtornos depressivos, com pensamentos derrotistas, até com ideação suicida, e que escondem isso bem. Imitando o Mestre, para quem nenhuma aflição escapava, devemos estar atentos, pois preocupar-se com o outro é uma das faces do amor.

Mencionamos o caso das pessoas com tendência suicida, não por acaso, uma vez que o número de ocorrências, neste sentido, é alarmante. E a Doutrina tem elementos de sobra para nos ajudar. Não só pelo incentivo ao relacionamento saudável, em família, onde o amor cria um clima de concórdia, de estabilidade, de harmonia, que favorece a ação dos benfeitores espirituais, mas, também, pela riqueza das informações de que dispomos, com vigorosos elementos de persuasão. Com a revelação dos Espíritos Superiores, aprendemos que quanto mais se vive resignadamente, maior a certeza de uma vida feliz no futuro. Mais do que isso, nos convencemos de que abreviar a vida traz um resultado completamente oposto ao que se espera. Se foge de um mal para cair em outro pior, mais demorado e mais terrível. Além de não nos encontrarmos, no outro lado, com seres de nossa afeição, só encontraremos decepções. É, portanto, totalmente contrário aos nossos interesses.

Por essas e outras, que a conduta espírita e a vivência evangélica funcionam como forças poderosíssimas, a "endireitar" nossas vistas. Acabamos por reconhecer que é necessário aproveitarmos bem as oportunidades que a vida nos dá, que nunca estaremos sozinhos, mas sempre amparados por uma rede de corações que se preocupa conosco, sob o olhar carinhoso e atento de Jesus, do qual nenhuma aflição escapa.

CAPÍTULO 22

O HIDRÓPICO

Em mais um registro específico do evangelista Lucas (capítulo catorze, versículos um a seis), encontramos outra cura realizada num dia de sábado.

Jesus se dirigiu para a casa de um fariseu importante. Algumas traduções trazem "chefe dos fariseus"; outras, "um dos líderes dos fariseus" etc. Devia ser alguém bem conhecido e respeitado. Ele convidou o Mestre para fazer uma refeição em sua casa.

Podemos supor que o Cristo aceitou o convite, ciente de que encontraria naquele lugar mais hostilidade que hospitalidade. Mas não tinha medo. Pelo contrário, cultivava o desejo de "curar" aqueles corações.

Sabia que eles eram os principais "cegos" – não conseguiam ver que estavam diante do Governador da Terra, o ser mais puro que por aqui passou, o portador da mais santa das mensagens. Infelizmente, carregavam a pior "surdez", a que, deliberadamente, evita dar ouvidos ao Evangelho. E, incapazes de responder aos elevados questionamentos do Mestre, "permaneciam em silêncio", impedidos de abrir a própria boca, nada conseguindo falar.

Por ser sábado, já que todo trabalho era interrompido, as refeições constituíam um momento especial, oportunidade de reunir toda a família, passar um bom tempo juntos, compartilhando do alimento e do convívio. É de se supor que a alimentação não deveria ser quente, já que era proibido cozinhar durante o *Shabat*. Os alimentos eram preparados no dia anterior. Mas, era uma reunião muito especial para as famílias judaicas.

Não se sabe o motivo do convite feito pelo fariseu a Jesus. A julgar pela sua "importância" e pelo fato de muitos partidários dessa seita não gostarem do Mestre, é bem possível que a refeição fosse um pretexto. Uma oportunidade para tentarem flagrá-lo cometendo algo contrário à tradição religiosa, e assim terem de que o acusar.

A pista para isso é a conclusão do versículo primeiro: "observavam-no atentamente".

De súbito, surge na frente do Mestre um homem

doente. Algumas traduções dizem que tinha o corpo inchado. Muitas informam que era um "hidrópico". Essa expressão só é usada por Lucas; não a encontramos em outros autores do Novo Testamento. Pela sua familiaridade com a Medicina, como se supunha, o evangelista usa esse termo mais técnico e arcaico, para designar a doença de que ele era vítima.

Trata-se de acúmulo excessivo, ou anormal, de líquidos em diversas partes do corpo. Atualmente, as nomenclaturas mais usadas são "anasarca" ou "edema", que significa inchaço. Podia ser que sofria de ascite, doença popularmente conhecida como "barriga d'água", mas o texto evangélico não nos permite afirmar isso, sendo mais razoável supor que fosse um inchaço generalizado.

Diante dele, Jesus voltou-se para os fariseus e perguntou:

— "É permitido ou não curar no sábado?".

Que presença de espírito tinha Jesus! Sendo convidado, vestindo-se como um homem simples do povo, numa casa que deveria ser muito acima do seu nível social, na presença de homens ilustres, nada disso o incomoda. É possível que, diante de pessoas de relevo social, muitos de nós fiquemos acanhados, sintamo-nos pequeninos, mal ousando dirigir-lhes a palavra, receosos de dizer algo inoportuno, que nos envergonhe.

Mas o Mestre é muito diferente...

Além de falar com ampla liberdade, como se fosse ele o dono da casa, sua autoridade moral o capacita a pôr em xeque as tradições dos antepassados daquele povo.

Sua grandeza espiritual era tamanha, que Lucas menciona: "mas eles ficaram em silêncio".

Até aquele momento, observavam a forma como Jesus se comportava, como se sentava, como se alimentava, o que faria em seguida... Sentiam-se predadores, aguardando o momento de vacilo da "presa", para atacar.

No entanto, Jesus inverte tudo. É ele quem os emudece! Não conseguem pronunciar uma palavra sequer.

Completamente senhor da situação, o Mestre toma o homem pela mão, cura-o de sua doença e o despede. Mas, como fez aquilo?

"(...) estamos longe de conhecer todos os processos utilizados por Jesus nas suas curas. Parece ter havido uma desmaterialização da parte do corpo que se havia tornado enferma e se desmanchara em água; depois, provavelmente, reparou-se o funcionamento das vísceras, operando-se regularmente a eliminação; equilibrado o organismo, a hidropsia desapareceu de uma vez" – arrisca Cairbar Schutel, no capítulo 70 de *O Espírito do Cristianismo* (Casa Ed. O Clarim).

Não sabemos se o hidrópico havia sido convidado também (há quem defenda que ele foi trazido pelos próprios fariseus, para tentarem Jesus). Ou se viera espontaneamente, por ouvir os rumores de que Jesus estava na região. A segunda opção parece a mais razoável, mesmo porque, nas refeições dos sábados, sobretudo em casas "importantes", muitas pessoas costumavam acompanhar de longe. Era um evento social. E o enfermo deve ter se aproveitado disso, sabendo que o Mestre ali estaria.

Atendendo ao pedido de Jesus, depois de curado, saiu, deixando o lugar.

Tentando a maior das curas, o Cristo perguntou aos fariseus:

— "Se um de vocês tiver um filho ou um boi, e este cair num poço no dia de sábado, não irá tirá-lo imediatamente?"

Lucas limita-se a dizer que os fariseus "nada puderam responder".

Claro, eles tinham conhecimento da Lei. Sabiam que o amor ao próximo era uma ordenação sagrada. Todavia, a tradição havia "esfriado" seus sentimentos. Era mais fácil praticar a religião em sua formalidade que em sua profundidade. Estavam cientes disso.

Não temos registro se a pergunta desafiadora de Jesus convenceu algum deles. É bem possível que não naquela oportunidade. Talvez, bem mais tarde...

Estavam aqueles irmãos (como muitos de nós, ainda) doentes da alma, vítimas de um "inchaço" muito mais perigoso que um edema: o que nasce do orgulho, da arrogância, da pretensão de tudo saber.

Por serem mestres na Lei de Israel, gostavam de serem chamados de "doutores", acreditavam-se detentores da verdade e, portanto, fechados para o aprendizado, abominando os inovadores, encastelados em sua autoridade e poder temporários.

Por isso não puderam ser curados pelo Mestre, naquele banquete. Desperdiçaram a oportunidade de modificar, naqueles minutos, toda uma trajetória de perigosos equívocos.

A grande questão é: e nós? Estamos "inchados", também? Aquele que se ache "cheio de si", que indague a própria consciência, para verificar se não está sendo vítima da própria vaidade, de exacerbado egoísmo.

Precisamos estar atentos a esse importante recado do Evangelho. Observarmos como trazemos o nosso "coração". Carregado de bons sentimentos ou sobrecarregado (inchado mesmo) de tendências nocivas, de hipocrisia, de formalismos, de pretensão de saber... Porque "a boca fala do que o coração está cheio"!

Agimos insensatamente, muitas vezes. Orgulhamo-nos de nosso pequenino saber. No entanto, ensinam os Espíritos Superiores:

"(...) o homem julga abarcar tudo. Deveis ter a

noção de que há coisas acima da inteligência do ser humano mais inteligente e para as quais a vossa linguagem, limitada às vossas ideias e às vossas sensações, não encontra expressão" (*O Livro dos Espíritos*, questão 13).

Devemos andar prevenidos contra a falsa ideia de conhecimentos privilegiados, perante outros que não detêm as mesmas informações que nós. Porque conhecimento espiritual implica em responsabilidade elevadíssima.

"O verdadeiro espírita não é o que crê nas manifestações, mas o que aproveita os ensinamentos dos Espíritos. [...] De nada adianta crer, se sua crença não o faz dar sequer um passo na senda do progresso, e não o torna melhor para o seu próximo" – diz o importante lembrete de Celso Martins, em *Análises Espíritas* (Ed. FEB).

É por essa razão que todo Centro Espírita sério deve pautar a seleção de seus colaboradores por: conduta moral, disciplina, comprometimento e, por último – lá no fim mesmo – conhecimento doutrinário.

Mas, alguém pode perguntar: o conhecimento não é primordial?

Sem dúvida. É essencial a fidelidade aos ensinos de Kardec e Jesus. Porém, se dispomos de vasto conhecimento e não nos portamos com comprometimento, não somos assíduos, faltamos com a disciplina e nos ressentimos de graves falhas morais, não estaremos servindo a Jesus, como deveríamos.

Todo o edifício de nosso conhecimento pode desabar, se nossa conduta moral não passar de "fachada", mero rótulo farisaico. Conhecimento é bom, mas em excesso, sem a correspondente vivência moral, pode não passar de perigoso "inchaço".

CAPÍTULO 23

O CEGO DO TANQUE DE SILOÉ

Logo após o famoso episódio da mulher acusada de adultério, trazida por escribas e fariseus até a presença do Mestre, ele ensinava no templo, próximo de uma das caixas de coleta de ofertas, conhecida como gazofilácio.

Alguns fariseus o provocavam, com acusações e reprimendas sem fundamento, até ele ter dito algo que interpretaram como blasfêmia, e desejavam apedrejá-lo.

Sabe-se lá se alguns ainda traziam, nas mãos, as pedras que desejavam atirar na jovem acusada, a quem Jesus salvou da ação violenta.

Ocultando-se do local, o Mestre passou por um homem cego que, segundo o evangelista João, era assim desde o nascimento (capítulo nove, versículo um). Esse relato é um dos mais longos, entre as muitas curas que temos nos Evangelhos. É tão grande, que não há espaço no capítulo nove para outra passagem. Os organizadores do Novo Testamento dedicaram o capítulo inteiro (quarenta e um versículos) só para essa cura.

Vem, então, uma das mais intrigantes perguntas de todo o Evangelho. Quem a faz são seus discípulos:

— "Mestre, quem pecou, este ou seus pais, para que nascesse cego?".

A interrogação não consegue disfarçar a crença no retorno à carne, que fazia parte dos dogmas dos judeus, sob o nome de ressurreição. Explica-nos Kardec que eles "designavam pela palavra ressurreição o que o Espiritismo, mais judiciosamente, chama reencarnação" (*O Evangelho Segundo o Espiritismo*, capítulo 4, item 4).

Tinham intuição de que o enfermo de nascença "resgatava seus pecados", oriundos de anterior experiência na matéria. Ou que isso deveria ser expiação para seus genitores. O texto não deixa margem para qualquer dúvida a respeito.

Aliás, essa seria mais uma ótima oportunidade para Jesus dizer, ele que nunca perdia uma oportunidade de ensinar, em alto e bom som:

– "Que história é essa? Pecados de outra vida? Isso não existe...".

No entanto, responde de forma diferente:

– "Nem ele pecou, nem seus pais; mas foi assim para que se manifestem nele as obras de Deus".

Ou seja, embora não negue o dogma da reencarnação, apresenta uma proposta diferente do que aquelas pessoas imaginavam. Não se tratava de um sofrimento por débito, mas por renúncia ou por prova. Escolheu voltar à carne com essa dificuldade, a fim de contribuir com o progresso, com a obra de Deus.

"(...) deveria ser o instrumento de uma manifestação do poder de Deus. Se não era uma expiação do passado, era uma prova que deveria ser-lhe para seu adiantamento, porque Deus, que é justo, não poderia lhe impor um sofrimento sem compensação" – nos explica Kardec em *A Gênese – os Milagres e as Predições Segundo o Espiritismo*, capítulo 15, itens 24 e 25, sob o título "Cego de Nascença".

Cuspindo na terra, Jesus fez lodo com a saliva, e com ele untou os olhos do cego. E lhe disse: "Vai, lava-te no tanque de Siloé" (que significa Enviado).

Ele foi, lavou-se e, depois disso, voltou já enxergando.

Os vizinhos e as pessoas que o conheciam, desde pequeno, admiravam-se. O fato logo chegou aos ouvidos dos fariseus. Para agravar ainda mais a repercussão, era sábado – o dia em que, não havendo risco de morte do doente, curar-lhe era proibido.

Os fariseus, perplexos, diziam entre si: "Este homem não é de Deus, pois não guarda o sábado". Outros, afirmavam: "Como pode um homem pecador fazer tais sinais?". Estavam em profundo conflito. E questionavam o rapaz, para que ele explicasse como aquela cura havia se dado. Mas não ficavam satisfeitos com a resposta.

Inconformados, mandaram chamar os pais dele. Eles compareceram. As autoridades dos judeus pediram contas a eles, se o filho havia nascido cego mesmo.

Até que ponto vai a pior das cegueiras, aquela que insiste em não enxergar, mesmo com as evidências diante dos próprios olhos?

Os pais estavam assustados. Qualquer pessoa

que confirmasse a condição messiânica de Jesus sujeitava-se a excomunhão.

— "(...) Ele tem idade, perguntem a ele mesmo; e ele falará por si" – respondem, algo aflitos, embora felizes com a cura do filho.

Os fariseus voltaram a inquirir o moço. Pediram novas explicações sobre como Jesus conseguiu curá-lo. Não conseguiam admitir que um violador do sábado tivesse tais poderes, e que Deus estivesse com ele. Fizeram tantas perguntas, que o rapaz pareceu perder a compostura, até que deu uma resposta esmagadora:

— "Se ele não fosse de Deus, nada poderia fazer".

Como poderia alguém refutar um argumento desses?

Foi a gota d'água para se enfurecerem; e o expulsaram do templo.

Coisa lamentável: não admitindo a luz que tinham diante dos olhos, preferiram a cegueira da ignorância. Se prejudicassem apenas a si mesmos, o mal seria menor. No entanto, pretendiam, com seus discursos e tradições, tornar cego o resto da multidão.

Por esse motivo, sofreram a dura advertência do Mestre, que João expõe no último versículo do capítulo nono.

O Codificador Allan Kardec, na obra já citada, ao analisar os meios empregados por Jesus para efetuar a cura, isto é, o uso da lama feita com a mistura de saliva e terra, explica que aquela mistura deveria carregar virtudes, pelas propriedades do fluido curador que a impregnou.

E conclui (item 25, último parágrafo):

"(...) assim é que as substâncias mais insignificantes: a água, por exemplo, podem adquirir qualidades poderosas e efetivas sob a ação do fluido espiritual ou magnético, aos quais servem de veículo, ou, querendo-se, de reservatório".

A substância aquosa feita por Jesus, naquele caso, foi o que serviu de veículo para o poderoso fluido espiritual que ele empregou, como no caso do surdo gago da Galileia.

Por ser um elemento vital da organização da

Natureza, os Espíritos Superiores construíram inúmeros reservatórios hídricos na Terra, que são alimentados pelo chamado *Ciclo da Água*, um movimento contínuo mantido ao longo de eras.

No meio espírita, o emprego da água para fins curativos é bastante conhecido. Assinala o benfeitor espiritual Emmanuel, em *Segue-me* (Casa Ed. O Clarim, psicografia de Francisco C. Xavier), capítulo "A água fluida", que entre todos os corpos existentes, a água é o mais simples e receptivo da Terra. É como uma base pura, onde a medicação celeste pode ser impressa. Ela capta a influência oriunda da pessoa que ora ou medita, condensando linhas de força magnética e princípios elétricos que aliviam e sustentam, ajudam e curam.

É preciso frisar que a magnetização da água não é algo que está ao alcance apenas daqueles que frequentam as Casas Espíritas.

Almerindo Martins de Castro, na obra *Antônio de Pádua* (Ed. FEB), capítulo "Os milagres de Santo Antônio", explica que "a misericórdia de Deus, exercida pelos mensageiros da Caridade Divina, não olha os instrumentos de que se serve, quando chegada é a hora de realizá-la". E que, para obter curas, "não é indispensável ir aos templos, nem escolher a proteção deste ou daquele santo". Todas as coisas necessárias à vida foram, por Deus, colocadas ao nosso alcance.

Portanto, sendo indispensável recorrer aos benefícios da água magnetizada, façamos uso dela com coerência e reconhecimento ao Criador, que generosamente a ofertou, recordando que basta "boa vontade e confiança positiva". Como ensina Emmanuel: "coloca o teu recipiente de água cristalina à frente de tuas orações, espera e confia".

Por sua vez, André Luiz, também pela psicografia de Chico Xavier, no capítulo 10 de *Nosso Lar* (Ed. FEB), assevera que "a água absorve em cada lar as características mentais de seus moradores" e que ela tem poderes, também, de absorver "amarguras, ódios e ansiedades dos homens", a ponto de lavar a casa material e purificar a atmosfera íntima de seus moradores. Ou seja, mais do que solvente apenas de substâncias materiais, a água tem propriedades de absorver e dissolver o produto da mente dos encarnados. Olhe que oportuno recado, leitor amigo!

Semelhantes informações nos fazem compreender melhor essa verdadeira dádiva da vida. O fato de a água ter capacidade de absorver as características mentais dos habitantes de uma casa é interessantíssimo, afinal, de que adiantará recorrermos ao seu auxílio nas instituições espíritas, se descuidarmos da atmosfera íntima do lar?

A fim de não banalizarmos o uso desse recurso divino, conscientizemo-nos de usá-lo com bom senso e coerência.

Afinal, a água magnetizada é uma benção, mas pouco benefício pode produzir, se não buscarmos, pelo esforço pessoal, o equilíbrio da própria intimidade.

CAPÍTULO 24

O SEPULTADO LÁZARO

No capítulo onze do Evangelho de João encontramos outro relato de cura, ocupando muitos versículos: trata-se da famosa "ressurreição de Lázaro". A passagem, que abre o capítulo, é o registro mais longo de uma cura efetuada pelo Mestre.

O evangelista inicia dizendo que estava doente "um certo Lázaro", de Betânia, aldeia onde residiam outras personagens importantes da tradição evangélica: suas duas irmãs, Marta e Maria. Esta é a que, mais tarde, ungirá Jesus com unguento, e enxugará seus pés com os próprios cabelos, enchendo a casa onde estavam de perfume (Evangelho de João, capítulo doze, versículo três).

Jesus tinha um carinho muito grande pelos três irmãos. Havendo oportunidade, sempre passava por Betânia para visitá-los. Numa dessas ocasiões, aproveitou para deixar um de seus mais expressivos ensinos (Evangelho de Lucas, capítulo dez, versículos trinta e oito a quarenta e dois).

Prosseguindo com a narrativa de João, veremos Marta e Maria procurarem o Mestre, a fim de informá-lo da doença do irmão. Dele, teriam ouvido:

– "Esta enfermidade não é para a morte, mas para glória de Deus, para que o Filho de Deus seja glorificado por ela".

Pedimos licença para abrir um parênteses, já que o leitor pode ficar intrigado com a expressão "Filho de Deus", empregada por Jesus, ao referir-se a si mesmo. Em *Obras Póstumas,* livro publicado depois do falecimento de Kardec, com textos de sua autoria, alguns inéditos, há um belo trabalho de pesquisa do Codificador, intitulado "Estudo sobre a natureza do Cristo". Nele, Kardec faz um passeio em vários livros, tanto do Antigo como do Novo Testamento, muito rico mesmo, demonstrando sua grande familiaridade com o texto bíblico. No item 9, podemos encontrar a pesquisa sobre a diferença entre as expressões "Filho de Deus" e "Filho do homem", empregadas por Jesus:

"O título de *Filho de Deus*, longe de implicar a igualdade, é bem antes o indício de uma submissão;

ora, deve estar submetido a alguém e não a si mesmo. (...) Digamos que Jesus é *Filho de Deus*, como todas as criaturas; ele o chama seu Pai como nós aprendemos a chamar nosso Pai. É o *Filho bem-amado* de Deus porque, tendo chegado à perfeição que o aproxima de Deus, possui toda a sua confiança e todo o seu afeto; ele se diz, ele mesmo, *Filho único*, não que seja o único ser chegado a esse grau, mas porque só ele estava predestinado a cumprir essa missão sobre a Terra".

Essa pesquisa de Kardec (aliás, como toda a Codificação) é digna de ser lida e meditada com carinho. Ali, ele comenta a interminável polêmica que acendeu os ânimos apaixonados das pessoas, durante séculos, sobre a natureza de Jesus, se ele era divino ou humano, e que, infelizmente, "acendeu fogueiras e fez verter ondas de sangue".

A proposta do Espiritismo é o retorno gradativo às ideias fundamentais do Cristianismo primitivo, à parte moral dos ensinamentos de Jesus, pois só isso pode tornar os seres humanos melhores, porque não dá lugar a polêmicas e controvérsias.

É para esse terreno que devemos caminhar, com

o tempo, se quisermos uma sociedade mais fraterna e feliz.

Retornando à narrativa da cura, diz-nos o evangelista que, mesmo ciente da enfermidade de Lázaro, Jesus ainda permaneceu dois dias no lugar onde estava. Depois disso, convidou os discípulos para irem à Judeia.

Eles teriam reagido: "Rabi, ainda agora os judeus procuravam apedrejar-te, e retornas para lá?".

– "Lázaro, o nosso amigo, dorme, mas vou despertá-lo do sono" – respondeu.

A demora do Mestre, em atender ao apelo das irmãs, teve sua razão. Era necessário dar um tempo, a fim de que a providência, tomada pela família de Lázaro, servisse para que Jesus fosse "glorificado por ela". É que, chegando na aldeia, encontraram-no já sepultado, há alguns dias.

Muitos judeus, amigos de Marta e Maria, tentavam consolá-las, pela "morte" do irmão. Ouvindo Marta que Jesus vinha, correu ao seu encontro:

– "Senhor, se tu estivesses aqui, meu irmão não teria morrido".

Logo depois, foi a vez de Maria sair apressadamente e ir ao encontro dele, dizendo-lhe a mesma coisa. Ela chorava muito, bem como os que a acompanhavam. Jesus também se emocionou, a ponto de chorar. Os judeus, vendo isso, perceberam como ele amava aqueles irmãos. Ele procurava consolá-las, dizendo que Lázaro "se levantaria".

Dirigindo-se até o sepulcro, uma espécie de caverna, com uma pedra posta sobre ela, pediu que alguns dos presentes a removessem. Marta teria exclamado:

– "Senhor, já cheira mal, porque é já de quatro dias".

O Mestre não se perturbou com a afirmação. Erguendo os olhos aos céus, glorificava a Deus, enquanto retiravam a pedra da entrada da sepultura. Depois, disse em alta voz:

– "Lázaro, sai para fora".

Tendo as mãos e os pés ligados com faixas, e o rosto envolto num lençol, Lázaro saiu. O Mestre pediu para que o ajudassem, desembaraçando-o dos tecidos que o envolviam. E o liberaram para unir-se aos seus.

Neste momento, muitos judeus se converteram, passando a crer em Jesus. Uma parte, porém, resolveu "denunciá-lo" para as autoridades. Fariseus e alguns dos principais sacerdotes se incomodaram muito com a "ressurreição" de Lázaro. Na verdade, temiam que, se as pessoas se convertessem ao Evangelho, seguindo Jesus, eles perderiam poderes e privilégios. E confabulavam como fariam para tirar-lhe a vida.

É que este episódio, ao lado daquele que ficou conhecido como "a purificação do Templo", causou muita repercussão e, segundo alguns estudiosos, pode ter sido o estopim das maquinações que acabaram por prender e condenar o Mestre à morte.

O Espiritismo vê a "ressurreição" de Lázaro com os mesmos olhos que a do filho da viúva de Naim e a da filha de Jairo. Estando o indivíduo com todas as aparências da morte e "retornando", pela ação magnética de um curador, afirmavam de boa-fé que havia ressuscitado, quando, na verdade, havia sido curado.

O caso de Lázaro confirma isso. Mas o texto menciona que havia sido sepultado há quatro dias.

No entanto, há letargias que duram o dobro disso, ou mais. Mesmo a alegação de que "cheirava mal" não acrescenta nada, visto que há casos de pessoas que apresentam decomposição parcial do corpo, mesmo antes de morrerem. "A morte não chega senão quando os órgãos essenciais à vida são atacados" (*A Gênese – os Milagres e as Predições Segundo o Espiritismo,* capítulo 15, item 40).

Para ilustrar seu comentário, lembra Kardec o caso de uma jovem, que morrera no convento do Bom Pastor, em Toulon, cidade francesa. Padecera muito antes de desencarnar, com a gangrena tomando conta de seus membros. Parecia que sua carne "caía aos pedaços". No entanto, a jovem desencarnava de maneira tão resignada, de consciência tão pacificada, que ao entregar seu último suspiro, a decomposição parou, bem como as exalações cadavéricas. E, durante trinta e seis horas, ela permaneceu exposta às preces e à veneração da comunidade.

A fala de Jesus, prometendo que Lázaro "se levantaria", é profundamente consoladora. Ninguém está livre de sofrer a experiência da separação de um ente querido. Até o Mestre se emocionou, vindo a chorar. No entanto, sua emoção guardava a esperança, a certeza de que a vida não cessa.

"O Senhor não se sensibilizou tão somente por Lázaro. Amigo divino, a sua mão carinhosa se estende a todos nós. (...) Quando perderdes temporariamente a companhia direta de um ente amado, recordai as palavras do Cristo; aquela reduzida família de Betânia é a miniatura da imensa família da humanidade" – ensina Emmanuel, em *Vinha de Luz* (Ed. FEB), psicografia de Francisco C. Xavier, capítulo 151.

Em outra obra de sua lavra, o mentor de Chico Xavier destaca outro símbolo por trás da "ressurreição" de Lázaro: a noção do recomeço. Sujeitos a errar, todos estamos, a ponto de nos sentirmos como Lázaro: enrolados em faixas grossas, embaraçados e impedidos de seguir em frente, nos sentindo como se estivéssemos em "decomposição". Mas, ante o convite do Divino Amigo, eis que poderemos, sempre, recomeçar.

"(...) Os criminosos arrependidos, os pecadores que se voltam para o bem, os que "trincaram" o cristal da consciência, entendem a maravilhosa característica do verbo recomeçar. (...) Preciosa é a existência de um homem, porque o Cristo lhe permitiu o desligamento dos laços criminosos com o pretérito, deixando-o encaminhar-se, de novo, às fontes da vida humana, de maneira a reconstituir e santificar os elos do seu destino espiritual, na dádiva suprema de começar outra vez" (*Caminho, Verdade e Vida,* Ed. FEB, capítulo 112).

É preciso dizer, ainda, que a cura de Lázaro simboliza a vitória da vida sobre a morte. Quem vence a morte, isto é, quem não a teme mais, conscientizando-se de que é imortal e que viverá para sempre, aprende a colocar seus interesses no que é duradouro, em detrimento do que é passageiro.

É quando sentimos que a prioridade da vida é, de fato, "buscar em primeiro lugar o reino de Deus", ainda que, para isso, seja necessário recomeçar, muitas vezes...

CAPÍTULO 25

OS DEZ HANSENIANOS

Numa de suas idas a Jerusalém, passou Jesus pelo meio da Samaria e da Galileia.

Lucas nos conta (capítulo dezessete, versículos onze a dezenove) que ao entrar em uma aldeia, dez hansenianos saíram ao encontro dele. Eles teriam parado longe, pois as leis locais contra a doença não permitiam que se aproximassem muito das pessoas.

Estabelecia o livro bíblico Levítico (capítulo treze, versículo quarenta e seis):

"Todos os dias em que a praga houver nele, será imundo; imundo está, habitará só; a sua habitação será fora do arraial".

Tinham que viver em isolamento, bem longe da população.

Os dez, levantando a voz, diziam:

— "Jesus, Mestre, tem misericórdia de nós".

Vendo-os, ele se compadeceu deles e ordenou

que fossem se apresentar aos sacerdotes. Ao irem, diz o evangelista, ficaram "limpos".

O texto pressupõe que eles ficaram curados pela ação do Mestre, e não quando se apresentaram aos sacerdotes. Estes tinham apenas a finalidade de atestar a cura da doença, liberando o antigo enfermo para o convívio social.

Um dos dez, vendo que havia se curado, resolveu voltar, e glorificava a Deus em alta voz.

Caindo aos pés de Jesus, com o rosto em terra, dava-lhe graças. Lucas anota um detalhe importante: era samaritano.

O Mestre teria exclamado:

– "Não foram dez os limpos? E onde estão os nove? Não houve quem voltasse para dar glória a Deus, senão este estrangeiro?".

A pergunta demonstra sua preocupação com a conduta dos próprios conterrâneos judeus, incapazes de glorificar a Deus. É preciso deixar claro que o Mestre não esperava reconhecimentos. Curava por amor, desinteressadamente. Mas aguardava mais dos judeus, do que de um estrangeiro. Destacou isso, como forma de lição aos discípulos, para que, por sua vez, não falhassem na hora do testemunho.

Voltando-se para o samaritano, disse-lhe:

— "Levanta-te, e vai; a tua fé te salvou".

Os judeus desprezavam os samaritanos, considerados como heréticos, isto é, não praticavam a religião como os judeus julgavam que deveria ser praticada.

Explica-nos Allan Kardec que, curando indistintamente judeus e samaritanos, o Mestre dava, ao mesmo tempo, uma lição e um exemplo de tolerância. Mais que isso, ao ressaltar que só o samaritano retornava para dar glória a Deus, mostrava que havia nele mais da verdadeira fé e mais reconhecimento, do que nos judeus.

Ao acrescentar "a vossa fé vos salvou", fez ver que Deus olha o fundo do coração, e não a forma exterior de adoração.

O Mestre curou os outros, pois isso era necessário para a lição que queria dar, e provar a sua ingratidão. Só não se sabe o resultado que tiveram, e se puderam se beneficiar do favor que lhes concedera. Dizendo ao samaritano que a "sua" fé lhe salvara, deu o Mestre a entender que não seria o mesmo com os outros.

É o que retiramos do inteligente comentário do Codificador do Espiritismo para essa cura, conforme se lê em *A Gênese – os Milagres e as Predições Segundo o Espiritismo,* capítulo 15, item 17.

No livro *Nas Pegadas do Mestre* (Ed. FEB), de Pedro de Camargo (Vinícius), encontramos oportuna reflexão sobre as razões que levaram os amigos do samaritano a não retornarem para agradecer, como ele fez.

É que a qualidade da fé dos nove judeus era a fé falseada em sua natureza, limitada aos dogmas e às ordenanças de uma religião sectária.

Para eles, bastava cumprir o ritual de purificação, exigido pelos sacerdotes. Não era necessário agradecer ao Mestre.

Ao dizer ao samaritano que sua fé o salvara, o Mestre destacou que vira em seu coração a existência desse sentimento sublime. Sentimento que fez desabrochar, em sua alma, os valores da alegria e da gratidão.

Conclui Pedro de Camargo:

"Por isso, enquanto os nove sectários demandavam, maquinalmente, o templo e os sacerdotes, para se desobrigarem dum preceito ritualístico, o samaritano recebia o aplauso valioso do Divino Mestre, que se comprazia em o louvar. Diante da lição eloquente deste soberbo episódio, cumpre imitarmos o leproso samaritano. Cultivemos, portanto, a fé, e não uma fé. Identifiquemo-nos com a religião, e não com uma religião. Pertençamos à Igreja, e não a uma igreja. Seja o nosso culto, o da verdade, o da justiça, o do amor. É tal o que Jesus ensina e exemplifica em seu santo Evangelho".

A atitude do hanseniano da Samaria serve de modelo para nossa conduta. Vitimados por uma enfermidade qualquer, é importante exercitarmos os mesmos valores que ele:

a) Confiou no Mestre: "Tem misericórdia de nós, Senhor!";

b) Acatou sua orientação: "Ide, e mostrai-vos aos sacerdotes";

c) Expressou gratidão: "Caiu aos seus pés, dando-lhe graças".

O primeiro passo, portanto, é a confiança no Alto, sem desprezar o concurso da Medicina terrena.

A confiança que se tem na realização de uma coisa, a certeza de atingir um determinado objetivo, é o que Kardec chama de fé: "(...) aquele que a possui caminha, por assim dizer, a passo seguro" (*O Evangelho Segundo o Espiritismo*, capítulo 19, item 3).

Em seguida, acatarmos as orientações recebidas para nossa melhora, tanto as profissionais como as de natureza espiritual. Por exemplo, se formos assistidos por uma casa de oração, em cujo ambiente pessoas se unem para orar por enfermos, procuremos nos manter receptivos, nos dias e horários dessas reuniões, com o pensamento elevado, em prece e leitura edificantes, a fim de haurir os recursos canalizados para essa finalidade, pelo carinho dos amigos espirituais.

E, por fim, saibamos expressar gratidão a Deus pelos benefícios recebidos. "A gratidão por nosso Criador é a prece mais legítima que se lhe pode fazer" – afirma Areolino Gurjão, no livro *Expiação* (Ed. FEB).

"Confiança", "bom proceder" e "gratidão" – eis o caminho que nos legou o hanseniano curado por Jesus, eis a lição inesquecível desse episódio, verdadeiro modelo de conduta para solução de nossas mazelas.

A confiar, com fé ardente, abrimos as "janelas da alma". Procedendo bem, ampliamos essa receptividade, e nos beneficiamos com isso. Por fim, o mínimo que nos cabe é agradecer, principalmente através de ações práticas, servindo no bem, voluntária e desinteressadamente, quanto possível, pois esse é o melhor meio de demonstrar a Deus o quanto estamos gratos, por tudo que Ele nos concedeu e concede, a cada dia.

Interessante, leitor amigo. Dos dez, apenas um voltou. Não se declina seu nome, não sabemos quem é, a que família pertencia, como era seu passado. Apenas tomamos conhecimento que ele voltou, deixando para trás seus colegas de infortúnio.

Não lhe importava a ingratidão dos outros nove. Cabia a ele, sim, voltar e agradecer. Era seu dever fazer isso, em vez de acompanhar os amigos.

Que lição profunda para nós! Fazer a própria parte, de consciência tranquila, independentemente do que outros tentem impor, ou de como a maioria se comporte.

Nossa evolução espiritual, conquanto compartilhemos de muitas vidas ao nosso redor, é algo que nos compete, individualmente. O que os outros fazem, ou deixam de fazer, não é assunto nosso. Cabe-nos, tão somente, o esforço individual para corresponder aos apelos do Alto, trabalhando pela purificação das próprias chagas morais, atendendo ao convite do Divino Amigo, engajando-nos em sua seara abençoada, servindo em paz e de coração agradecido, deixando, aos outros, a sagrada liberdade de escolherem o caminho que lhes aprouver. Curados, procuremos o Mestre, a fim de o servir.

É o recado que nos dá Humberto de Campos, em psicografia de Chico Xavier, no ótimo *Lázaro Redivivo* (Ed. FEB), capítulo 7, ao qual nada caberia acrescentar:

"Também eu, curado da lepra da vaidade que me ensombrava a alma, pela compaixão do Divino Médico, torno ao serviço dele, para testemunhar reconhecimento. Dos outros leprosos que se limparam em minha companhia, não posso dar notícias. Sei apenas de mim que voltei, não a serviço dos homens, mas em tarefa gratulatória, revelando-me aos companheiros de luta, para que procurem o Senhor, não como doentes, e sim na qualidade de cooperadores fiéis".

CAPÍTULO 26

O SERVO FERIDO

A chamada "Paixão" de Jesus, isto é, o sofrimento durante o processo de sua condenação e morte, consta em todos os quatro textos evangélicos. Nenhum dos fatos de sua passagem sobre a Terra teve maior tratamento que o desfecho.

Em meio a essa narrativa, ocorre a cura de um servo, ferido por um golpe. A curiosidade é que ela acontece num momento de grande tensão para o Mestre. Prestes a ser preso e já ciente do que o aguardava, age ainda com calma incomum e, em meio ao próprio sofrimento, irradia de seu amoroso magnetismo para socorrer um irmão.

Depois de uma ceia com os discípulos, dirigiu-se Jesus ao Monte das Oliveiras, como costumava fazer. Havia ali um horto, onde muitas vezes se reuniam. Seus discípulos o seguiram (Evangelho de Lucas, capítulo vinte e dois, versículos quarenta e sete a cinquenta e três).

Lá chegando, disse-lhes para orarem, a fim de

não entrarem em tentação. E afastou-se deles para orar também, à distância de um tiro de pedra.

Segundo o evangelista, orava intensamente e seu suor tornou-se como gotas de sangue, que corriam até o chão. Mateus informa que ele estava profundamente angustiado e triste. Deduzimos que nem tanto pelo testemunho que iria dar, para o qual se preparara, mas pela maldade e pela ignorância dos homens, pelo desprezo que sua mensagem recebeu (e por tanto tempo ainda receberia). Chorava pelos outros, não por si.

Ao levantar-se da oração, veio para os seus discípulos. Encontrou-os dormindo. "Vigiai e orai, para que não entreis em tentação" – advertiu. Mateus e Marcos anotam que ele voltou a retirar-se, para orar e, ao retornar pela segunda vez, os encontrou novamente adormecidos, com os "olhos pesados". Disse-lhes para levantarem e orarem. Nesse momento, enquanto falava, chegou uma multidão. Teria sido enviada pelos principais sacerdotes e pelos anciãos do povo. Muitos traziam espadas e porretes. Por motivos que não nos cabe discorrer aqui, um dos discípulos, chamado Judas, vinha à frente. Jesus o saudou com o título de "amigo".

Alguns discípulos, percebendo o perigo iminente, a prisão, perguntaram-lhe:

– "Senhor, feriremos à espada?"

Soa estranha a informação de que portassem espadas. Mais razoável supor que fossem peixeiras, compridas e afiadas, usadas na pesca profissional.

Jesus não teve tempo de responder. Rapidamente, um deles desferiu um golpe no servo do sumo sacerdote, ferindo sua orelha direita. O Evangelho de João "dá nome aos bois". Informa que Simão Pedro teria sido o autor do golpe e que o servo ferido se chamava Malco (capítulo dezoito, versículos um a onze).

A reação do Mestre foi imediata:

– "Deixai-os; basta".

"E, tocando-lhe a orelha, o curou", informa Lucas, sucintamente.

Os demais evangelistas omitem a cena da cura. João informa que o Mestre recomendou a Pedro embainhar sua arma. Mateus acrescenta a seguinte advertência dele:

– "Embainha a tua espada; porque todos os

que lançarem mão da espada, à espada morrerão. Ou pensas tu que eu não poderia agora orar a meu Pai, e que ele não me daria mais de doze legiões de anjos?" (capítulo vinte e seis, versículos cinquenta e dois a cinquenta e três).

A sua afirmativa mostra o domínio que tinha da situação. Era necessário cumprir tudo o que as escrituras dos profetas haviam falado sobre sua missão. Nesta hora, seus discípulos fugiram assustados.

Pela singeleza do relato de Lucas, não sabemos a extensão do ferimento e nem o processo da cura; apenas que foi instantânea.

"(...) cicatriz imediata, com reconstituição de células, como se dá em todos os casos de ferimentos, unicamente com a diferença do tempo ou do espaço para essa reconstituição, que foi, como dissemos, quase imediata" – explica Cairbar Schutel, no último capítulo, antes da conclusão, do magistral livro *O Espírito do Cristianismo,* publicado pela Casa Editora O Clarim, que muito nos ajudou neste estudo sobre as curas do Mestre. Nesta obra, Schutel dedicou os dezenove últimos capítulos somente para elas.

Segundo ele, a reconstituição da orelha de

Malco nada tem de milagrosa. É tão aceitável quanto a de um braço quebrado, de uma perna partida, de um corte em qualquer parte do corpo. O mais importante é olharmos para o "lado moral" da narrativa: "(...) sim; este tem extraordinário valor, porque caracteriza a bondade, a indulgência, o espírito de caridade de todos os atos, toda a vida de Jesus".

No auge do seu testemunho, ante tudo o que sofreu, por amar a humanidade, dedicou-se a consolar corações, até falecer.

Durante o episódio de sua "Paixão", o vemos agindo, curando, confortando, como se nem pensasse em si:

a) Auxilia Judas a repensar sua decisão, no momento que ele liderava a multidão no Monte das Oliveiras, chamando-o, carinhosamente, de "amigo";

b) Orienta Pedro, quanto ao seu ato violento e impulsivo;

c) Cura a orelha ferida do servo do sumo sacerdote;

d) Consola as mulheres que choravam, durante sua caminhada rumo ao Calvário;

e) Conforta o ladrão crucificado ao seu lado, que dá testemunho de sua fé, prometendo-lhe o "paraíso", depois que ele se redimisse;

f) À sua mãe e ao discípulo João, que permaneciam ao pé da cruz, alivia o sofrimento, ligando seus destinos, pois desde aquela hora passou o discípulo a acolher Maria em sua casa;

g) Prestes a desencarnar, na cruz, exaurido, ainda faz uma prece pelos seus adversários: "Pai, perdoa-lhes, porque não sabem o que fazem".

A cura da orelha de Malco é só um, entre tais momentos majestosos do Mestre.

Em geral, quando as coisas ficam difíceis, quando os problemas parecem grandes demais, temos a tendência de nos impacientarmos, chegando mesmo a agredir outras pessoas. "Perdemos a estribeira", acabando por ferir aqueles que conosco convivem.

Com Jesus é diferente. Mesmo numa situação de extremo estresse, não agride; pelo contrário, cura a ferida do outro, com delicadeza.

Para operar a reconstituição de um ferimento

daquele, teve o Mestre que mobilizar, com a força do pensamento e da vontade, os fluidos necessários para a perfeita recomposição desse delicado e sensível órgão do corpo humano. Mesmo com a alma sofrida, angustiado pelos acontecimentos que viriam, ainda vibrava amor intensamente, atendendo a aflição do outro com a mesma dedicação de sempre.

Exemplificou o que ensinara, quando falou do "amor aos inimigos" (Evangelho de Mateus, capítulo cinco, versículo quarenta e quatro).

"Amar a seus inimigos é sem sentido para um incrédulo. Aquele para quem a vida presente é tudo, só vê no inimigo um ser nocivo perturbando seu repouso, e acredita que só a morte do inimigo pode livrá-lo dele. Daí o desejo de vingança; ele não tem nenhum interesse em perdoar, se não for para satisfazer seu orgulho aos olhos do mundo. O próprio fato de perdoar lhe parece, em certos casos, uma fraqueza indigna de si; mesmo não se vingando, não deixa de guardar rancor e um secreto desejo do mal" – explica Kardec, no comentário do capítulo 12, item 3 de *O Evangelho Segundo o Espiritismo*.

Para o Espiritismo, "amar o inimigo" não é ter

por ele uma afeição que não é natural, mesmo porque entra, em jogo, uma lei física: a de assimilação e rejeição de fluidos, que explica as diferentes sensações que temos ante a aproximação de um ser querido e de um desafeto.

No entanto, ensina a Doutrina Espírita que não devemos cultivar pensamentos inamistosos contra quem quer que seja, como ódio, rancor ou desejo de vingança. Amar os inimigos é não colocar obstáculo a uma possível reconciliação, é desejar-lhes o bem em vez do mal, é alegrar-se com o bem que lhes aconteça, e por aí vai.

"É estender-lhes mão segura em caso de necessidade. É abster-se, em palavras e ações, de tudo o que pode prejudicá-los. Enfim, é devolver-lhes sempre, ao mal, o bem, sem intenção de humilhá-los" – arremata Kardec, com encantadora beleza.

Assim agiu Jesus, ao curar o servo do sumo sacerdote. Estendeu-lhe mão segura, na hora de sua maior necessidade. Devolveu-lhe o mal, com o bem, e ainda advertiu Simão Pedro sobre o resultado da lei de ação e reação a que se sujeitara: "os que lançarem mão da espada, à espada morrerão".

Ou seja, quem agride, para os padrões evangélicos, já errou. Que aguarde a consequência, procurando atenuá-la, o quanto antes, pela reparação do erro cometido.

Eis o que aprendemos com a vida e com as atitudes desse Mestre incomum. Amar, servir, perdoar, cultivar bons pensamentos e atitudes, fazer da vida um evangelho de ações positivas. E, se errar, arrepender-se sinceramente e procurar refazer o caminho, seguindo em frente, com os olhos postos no trabalho a fazer, recomeçando sempre.

Servir, com Jesus, para caminharmos mais protegidos e confiantes, eis o ideal. De mãos postas no trabalho, viveremos em paz. Só assim, quando o Mestre nos procurar, não nos encontrará "adormecidos".

CAPÍTULO 27

A CURA A BUSCAR

Em muitos momentos, após curar alguém, pedia o Mestre que a pessoa guardasse segredo, seja para que o povo se interessasse mais pela doutrina que pelo fenômeno, seja para que o alarde não atrapalhasse a divulgação de tantos ensinos, ainda a ministrar.

É, provavelmente, o único pedido do Mestre que não precisamos atender mais. Pelo contrário, seus feitos precisam ser divulgados. É nosso dever. Não o fazemos à altura que nos merecem e estamos bem longe daqueles que o fazem com a desejável beleza. Porém, nossa consciência nos impeliu a mais esse trabalho, por julgar o mundo das curas de Jesus, de fato, um "estudo extremamente interessante", como bem considerou nosso querido Cairbar Schutel.

Para facilitar a consulta ao leitor, expomos, no quadro a seguir, a relação das curas trabalhadas neste livro e onde encontrá-las nos textos evangélicos que chegaram até nós.

Cap.	Título	Mateus	Marcos	Lucas	João
2	O endemoninhado de Cafarnaum		1:21-28	4:31-37	
3	A sogra do apóstolo Pedro	8:14-15	1:29-34	4:38-41	
4	O servo do centurião	8:5-13		7:1-10	4:46-54
5	O homem de mão ressecada	12:9-14	3:1-6	6:6-11	
6	O paralítico da piscina				5:1-18
7	O lunático de Gerasa	8:28-34	5:1-20	8:26-39	
8	O hanseniano de Genesaré	8:1-4	1:40-45	5:12-16	
9	A filha de Jairo	9:18-26	5:21-43	8:40-56	
10	A mulher com fluxo de sangue	9:20-22	5:25-34	8:43-48	
11	O paralítico de Cafarnaum	9:1-8	2:1-12	5:17-26	
12	Os dois cegos	9:27-31			
13	O endemoninhado mudo	9:32-34			
14	O endemoninhado cego e mudo	12:22-32	3:20-30	11:14-23	
15	A filha de uma siro-fenícia	15:21-28	7:24-30		
16	O endemoninhado epilético	17:14-21	9:14-29	9:37-42	
17	O cego Bartimeu	20:29-34	10:46-52	18:35-43	
18	O surdo gago da Galileia		7:31-37		
19	O cego em Betsaida		8:22-26		
20	O filho da viúva de Naim			7:11-17	
21	A mulher encurvada			13:10-17	
22	O hidrópico			14:1-6	
23	O cego do tanque de Siloé				9:1-41
24	O sepultado Lázaro				11:1-46
25	Os dez hansenianos			17:11-19	
26	O servo ferido	26:47-56	14:43-52	22:47-53	18:1-11

A título de considerações finais, não poderíamos deixar de mencionar, do livro *Falando à Terra* (Ed. FEB), psicografado por Francisco C. Xavier, interessantíssimo trecho do capítulo intitulado "Saúde", onde Joaquim Murtinho discorre, em três páginas, o delicado problema do adoecimento e da cura.

"Se o homem compreendesse que a saúde do corpo é reflexo da harmonia espiritual, e se pudesse abranger a complexidade dos fenômenos íntimos que o aguardam além da morte, certo se consagraria à vida simples, com o trabalho ativo e a fraternidade legítima por normas de verdadeira felicidade" – explica.

Segundo ele, nos escravizamos a sintomas e a remédios, na maioria das vezes, por causa de nossos próprios desequilíbrios.

É que as enfermidades crescem na proporção em que se multiplicam nossos desacertos. Envolvidos com os problemas de saúde que nós mesmos criamos, acabamos por adiar a obra de educação de que tanto necessitamos.

A mente em desequilíbrio tende a emitir "raios" de energia desordenada, que afetam os órgãos físicos, como se fossem verdadeiros dardos, complicando as funções orgânicas.

Os sentimentos que nos coloquem em desarmonia com os ambientes que frequentamos, geram emoções que desorganizam, não só as células do corpo, mas também nosso psiquismo. Por isso, múltiplas doenças podem ter sua nascente nos desequilíbrios do pensamento.

E conclui Joaquim Murtinho, dizendo:

"Com o tempo aprenderemos que se pode considerar o corpo como o "prolongamento do Espírito", e aceitaremos no Evangelho do Cristo o melhor tratado de imunologia contra todas as espécies de enfermidade. Até alcançarmos, no entanto, esse período áureo da existência na Terra, continuemos estudando, trabalhando e esperando".

Dia virá, e será o período de ouro da humanidade terrena, em que o Evangelho será visto, sim, como o mais perfeito "tratado de imunologia".

Por agora, a Doutrina Espírita, cooperando para resgatar a mensagem cristalina trazida e vivida por Jesus, contém elementos razoáveis para que, nos momentos de aflição, não entremos em pânico ou desespero, não fiquemos assustados, mas nos recolhamos à oração, buscando a serenidade necessária ao justo enfrentamento, a ajuda, a superação. E se os resultados não vierem com a velocidade que queremos, nos amparemos na paciência e na esperança, guardando a certeza de que nada foge aos olhos atentos e carinhosos da Espiritualidade Amiga e que não estamos sozinhos, em momento algum, pois há algo maior que nos sustenta: o amor infinito de Deus.

Jesus segue atento, governando nosso orbe, de olhos postos em nossas lutas e dores, não se esquecendo de ninguém:

"Estou demasiado tocado de compaixão pelas vossas misérias, por vossa imensa fraqueza, para não estender a mão em socorro aos infelizes, extraviados que, vendo o Céu, caem nos abismos do erro. Crede, amai, meditai todas as coisas que vos são reveladas; não mistureis o joio ao bom grão, as utopias com as verdades" – diz na mensagem que assina O Espírito de Verdade, no item 5 do capítulo 6 de *O Evangelho Segundo o Espiritismo*.

E, mais adiante, no item 7, confirmando sua infinita solicitude pelos que sofrem, pontua, com ternura:

"Eu sou o grande médico das almas, e venho trazer-vos o remédio que vos deve curar. Os débeis, os sofredores e os enfermos são os meus filhos prediletos, e venho salvá-los. Vinde, pois, a mim, todos vós que sofreis e que estais carregados, e sereis aliviados e consolados. (...) Amai e orai. Sede dóceis aos Espíritos do Senhor. Invocai-O do fundo do coração. Então, Ele vos enviará o seu Filho bem-amado, para vos instruir e vos dizer estas boas palavras: Eis-me aqui; venho a vós, porque me chamastes!".

Deixe-se tocar por Ele, leitor amigo. Permita que o Mestre "toque" seus lábios, ilumine seus olhos, abra seus ouvidos, levante-o da paralisia do desânimo, da depressão, revigore suas forças, afaste as ideias obsessivas que convidam-no a desistir, "ressuscitando-o" para uma vida com Ele.

Deixe que Ele cure suas feridas, as do corpo e as da alma, e acenda no seu coração a chama celeste do amor, puro e inebriante amor, capaz de fazê-lo sentir compaixão por tudo e todos, mesmo por aquele que o agride, por não saber o que está fazendo.

Jesus é a luz do mundo, alma irmã!

Emmanuel nos convida a atentarmos para qual deve ser nossa atitude diante dessa "luz":

"(...) Observa, desse modo, a tua posição diante da Luz... Quem apenas vislumbra a glória ofuscante da realidade, fala muito e age menos. Quem, todavia, lhe penetra a grandeza indefinível, age mais e fala menos" (*Fonte Viva*, Ed. FEB, capítulo 173, psicografia de Francisco C. Xavier).

O Mestre nos instruiu com clareza, sobre o sentido da vida, ao afirmar, categórico: "qualquer que dentre vós quiser ser o primeiro, será servo de todos" (Evangelho de Marcos, capítulo dez, versículo quarenta e quatro).

O sentido da vida é crescer servindo e se aperfeiçoando.

Abriguemo-nos, assim, sob a proteção da fé, da esperança e da caridade, ligando-nos ao Pai Criador pelo veículo sagrado da prece, que nos sustenta a vida, servindo sempre.

E, quando retornarmos à Pátria Espiritual, nosso verdadeiro lar, não precisaremos dizer nada, não precisaremos justificar nada. Nosso Espírito refletirá a luz que tivermos conquistado, pelo nosso empenho no bem e no combate às falhas que ainda carregamos – nossas enfermidades morais.

Eis a cura a buscar, aquela que nos faz ver e sentir que estamos todos ligados, não por acaso, fazendo parte de um todo muito maior, no qual vivemos, no qual existimos, só para amar, só para servir, só para crescer, em sabedoria e bondade, no rumo da vida eterna bem aventurada...

IDE | Conhecimento e educação espírita

No ano de 1963, Francisco Cândido Xavier ofereceu a um grupo de voluntários o entusiasmo e a tarefa de fundarem um periódico para divulgação do Espiritismo. Nascia, então, o Instituto de Difusão Espírita - IDE, cujos nome e sigla foram também sugeridos por ele.

Assim, com a ajuda de muitas pessoas e da espiritualidade, o Instituto de Difusão Espírita se tornou uma entidade de utilidade pública, assistencial e sem fins lucrativos, fiel à sua finalidade de divulgar a Doutrina Espírita, por meio de livros, estudos e auxílio (material e espiritual).

Tendo como foco principal as obras básicas de Allan Kardec, a preços populares, a IDE Editora possui cerca de 300 títulos, muitos psicografados por Chico Xavier, divulgando-os em todo o Brasil e em várias partes do mundo.

Além da editora, o Instituto de Difusão Espírita também se desenvolveu em outras frentes de trabalho, tanto voltadas à assistência e promoção social, como o acolhimento de pessoas em situação de rua (albergue), alimentação às famílias em momento de vulnerabilidade social, quanto aos trabalhos de evangelização infantil, mocidade espírita, artes, cursos doutrinários e assistência espiritual (passes).

Ao adquirir um livro da IDE Editora, além de conhecer a doutrina espírita e aplicá-la em seu desenvolvimento, o leitor também estará colaborando com a divulgação do Evangelho do Cristo e com os trabalhos assistenciais do Instituto de Difusão Espírita.

idelivraria.com.br

idelivraria.com.br

Pratique o "Evangelho no Lar"

Aponte a câmera do celular e faça download do roteiro do **Evangelho no lar**

Ide editora é nome fantasia do Instituto de Difusão Espírita, entidade sem fins lucrativos.

◯ ideeditora   f ide.editora   🐦 ideeditora

◀◀ DISTRIBUIÇÃO EXCLUSIVA ▶▶

📍
Av. Porto Ferreira, 1031 | Parque Iracema
CEP 15809-020 | Catanduva-SP
📞 17 3531.4444   🟢 17 99777.7413

◯ boanovaed
▶ boanovaeditora
f boanovaed
🌐 www.boanova.net
✉ boanova@boanova.net

Fale pelo whatsapp

Acesse nossa loja